Bettina Bartzen

Hotel Altenheim

15 Geschichten

Die Autorin

Bettina Bartzen wurde 1963 in Trier geboren, arbeitete als Krankenschwester auf dem Forschungsschiff Polarstern. Später studierte sie Visuelle Kommunikation an der UdK Berlin und arbeitete als freie Fotografin für die La Gacetta de Canarias auf Teneriffa und für die Tageszeitung Trierischer Volksfreund. Folgende Bücher sind erschienen: «Afghanistan Bitburg» Kulturgemeinschaft Bitburg 2018, «Jugend in der Eifel» Seltmann und Söhne Verlag 2012, «Bitburger Mitbürger» Kulturgemeinschaft Bitburg e.V. 2009, «Nicht hier und nicht dort» Russen in Berlin, Neunpluseins Verlag 2002. Zur Zeit arbeitet sie als freie Fotografin und Krankenpflegerin.

Bettina Bartzen

Hotel Altenheim

15 Geschichten

Die Geschichten sind inspiriert von realen Situationen.
Personen, Orte und Handlungen sind fiktional.
Ähnlichkeiten mit lebenden oder verstorbenen Personen
wären rein zufällig.

Die Deutsche Nationalbibliothek verzeichnet diese Publikation
in der Deutschen Nationalbibliothek;
detallierte bibliographische Daten sind im Internet über
http://dnb.d-nb.de abrufbar.

1. Auflage 2022
© 2022 Bettina Bartzen
Covergestaltung und Satz: Bettina Bartzen
Lektorat: Daniela Plügge

Herstellung und Verlag:
BoD - Books on Demand Norderstedt

ISBN 978-3-756-29500-5
www.bettina-bartzen.de

Dieses Buch ist auch als E-Book erhältlich.

„Wir werden alle alt und
vielleicht am Ende unseres Lebens in einem Heim landen.
Jeder hat ein Recht darauf, gut versorgt zu werden",
sagt Martha zu einem Freund,
als müsse sie sich für ihren Beruf entschuldigen.

Inhalt

1 DER JUNGGESELLE

Martha öffnet die gelben Vorhänge, kühle Morgenluft weht durch das Zimmer.

„Guten Morgen Herr Michels."

Keine Reaktion.

„Herr Michels, möchten Sie aufstehen? Heute ist Duschtag."

Herr Michels weigert sich, die Augen zu öffnen. Er will nicht aufstehen. Früher ist er nie um sieben Uhr morgens aufgestanden. Bevor er seine Augen öffnet, ist Martha auf dem Weg ins nächste Zimmer. Zwei Kollegen haben sich krankgemeldet. Martha hat vier Bewohner zusätzlich auf ihrer Liste, um die sie sich kümmern muss.

Herr Michels wundert sich, dass die Vorhänge aufgezogen sind. War jemand in seinem Zimmer?

„Guten Morgen, Herr Michels, möchten Sie aufstehen? Es ist schon halb acht", sagt Martha.

Langsam setzt er sich auf die Bettkante, nimmt seinen Rollator und trippelt ins Badezimmer. Martha verschwindet wieder. Nach zehn Minuten schaut sie ins Bad. Herr Michels steht unentschlossen vor dem Waschbecken.

„Kommen Sie, ich bringe Sie zur Dusche."

„Ich will nicht duschen."

Mit geballten Fäusten und weit aufgerissenen Augen steht er nackt vor Martha, entschlossen, nicht zu tun, was sie von ihm verlangt. Martha weiß, diskutieren ist überflüssig. Sie lässt ihn gewähren und geht zum nächsten Bewohner auf ihrer Liste. Nach einer halben Stunde steht Herr Michels noch immer nackt vor dem Waschbecken, er sortiert seine Zahnprothesen von einer Dose in die andere. Seine Zeit hat weder Anfang noch Ende. Vergangenheit und Gegenwart vermischen sich zu einem bunten Salat. Zum dritten Mal kommt Martha ins Badezimmer.

„Möchten Sie jetzt duschen? Sie treffen doch gleich ihre Kollegen."

„Ach ja, der Hoteldirektor wartet schon auf mich. Wie spät haben wir? Dann muss ich mich beeilen."

Herr Michels erinnert sich sehr gut an seine alten Kollegen. Bereitwillig setzt er sich auf den Duschstuhl und lässt sich von Martha den Rücken einseifen. Die knochigen Schulterblätter stehen spitz hervor. Seine hageren Arme sehen aus wie zwei vertrocknete Äste. Dunkelblaue Blutgefäße bahnen sich unter der Haut ihren Weg, wie der Stadtplan einer Altstadt. Sein Körper ist zerbrechlich. Im Kopf geht Martha die Bewohner durch, die noch zu pflegen sind. Sie ist schon über der geplanten Zeit. Vorsichtig trocknet sie Herrn Michels Oberkörper und die Arme ab. Seine großen blauen Augen strahlen aus dem ausgemergelten Gesicht. Sie zieht ihm ein frisches weißes Baumwollunterhemd an, darüber ein blaugrün gestreiftes Poloshirt, eine schwarze Jogginghose, Strümpfe und die Schuhe mit dem Klettverschluss. Ein Gürtel hält die zu groß gewordene Hose fest. Herr Michels ist zufrieden. Sein Arbeitsbeginn vergessen. Jetzt möchte er Kaffee trinken.

Herr Michels schleicht mit dem Rollator zum Frühstücksraum. Seinen Urinbeutel hat er sorgfältig am Getränkehalter der Gehhilfe aufgehängt. Ordnung muss sein. Er kontrolliert die Harnausscheidung, seitdem der Urin über einen Katheter in einen Plastikbeutel geleitet wird. Am Tisch angekommen, hält eine Pflegerin seine Medikamente bereit. Er bedankt sich höflich und schaut der jungen Frau tief in die Augen. Er flirtet gerne, wenn ihm eine gefällt. Während er eine Tasse Kaffee trinkt und dabei die Tageszeitung durchblättert, scheint alles wie früher zu sein. Als sei er Gast in einem Hotel an einem schönen Ort. Wenn nur nicht dieser Urinbeutel wäre. Nach dem Frühstück sortiert er seine Briefe. Er stapelt sie von links nach rechts und wieder von rechts nach links. Als würden sie keinen angemessenen Platz auf dem Schreibtisch finden. Unter den Briefen sind Spendenquittungen von „Ärzte ohne Grenzen", Apothekerrechnungen und alte Stromrechnungen. Martha öffnet die Zimmertür, sie muss noch den Verband erneuern. Er sitzt am Schreibtisch und tippt auf seiner alten Schreibmaschine wahllos Buchstaben auf das weiße Papier.

„Was schreiben Sie?"

Martha schaut auf das Blatt Papier in der Schreibmaschine. Er dreht den Kopf zu Martha, blickt sie ratlos an.

„Wer sind Sie? Wo bin ich hier?"

„Sie sind in einem Altenheim."

„Ach was. Wo ist das Zimmermädchen?"

Ohne eine Antwort abzuwarten, rückt er den Stuhl zur Seite und geht mit seiner Gehhilfe in unsicheren Schritten in Richtung Bett.

Martha legt eine sterile Kompresse auf die Einstichstelle des Katheters, Herr Michels schaut aus dem Fenster. Mit seinen Gedanken ist er nicht mehr im Altenheim, sondern in einem legendären Luxushotel in Monaco. Wenn er sich an diese Zeit erinnert, spricht er ein bisschen französisch.

„Ma chérie… war ich stolz auf meine erste Arbeitsstelle als Cocktailmixer im 'Hotel de Paris'. Das ist das teuerste Hotel in Monaco. Magnifique! Dort stiegen alle Berühmtheiten ab. Sogar James Bond war mal ein Gast von mir."

„Haben Sie ihm einen Martini serviert?"

Herr Michel überlegt lange.

„Oder war es Roger Moore?"

Martha zeigt auf den vollen Urinbeutel.

„Ach ja, der Urinbeutel. Der ist wichtig. Vergessen Sie nicht, meinen Verband zu wechseln!"

Herr Michels verbringt seine Urlaube in exklusiven Hotels. Er genießt die freundliche Anonymität, niemand ist enttäuscht oder verärgert, wenn er wieder abreist.

Er nimmt das eingerahmte Foto auf dem Tisch.

„Schau, das bin ich. Da seh' ich noch jung aus."

Herr Michels zeigt mit dem Finger auf einen älteren Mann, der mit einem Cocktail in der Hand in einem Sessel sitzt. Daneben lächelt das junge Hotelpersonal in die Kamera. Auf dem Foto ist er achtzig Jahre alt.

„Ich glaube, das war in Vietnam. Auch schon wieder neun Jahre her."

Herr Michels ist immer unabhängig. Er hat viele

Liebschaften, seine Leidenschaft taugt nicht für eine dauerhafte Bindung. Familie gründen und Kinder bekommen, das ist nichts für ihn. Ein typischer Junggeselle, sagt seine Schwester. Alle Frauen liegen ihm zu Füßen, wenn er seine Cocktails mischt. 1969 nimmt er an den Europameisterschaften der Bartender teil. Bei diesem Wettbewerb geht es um den Gaumengenuss und um die perfekte Show. Die Eiswürfel klirren im Shaker, Wodka mit einem Schuss Kaffeelikör, garniert mit einer Chilischote. Dafür lohnt es sich zu arbeiten. In den 60er Jahren mixt Herr Michels „Dirty Martinis", geschüttelt und nicht gerührt. In den 70er Jahren bringt die „Grüne Witwe" einen Hauch von Exotik in seine Bars. Doch seine besten Zeiten sind die 50er Jahre, als ein Barkeeper in Costa Rica den Piña-Colada-Cocktail erfindet und Herr Michels als 20-Jähriger die Hotelbars erobert.

Wenn Herr Michels verärgert ist, ruft er seine Schwester an. Sie ist sein einziger Kontakt, den er noch hat. Sie kommt selten zu Besuch. Am Telefon beschwert er sich bei ihr über das Essen, das Personal, die Pflege. Wenn sie ihm antwortet, gibt Herr Michels den Hörer einfach an Martha weiter. Er kann ihr nicht folgen. Seine Schwester entschuldigt sich bei Martha für ihren schwierigen Bruder. Er sei schon immer ein Eigenbrötler gewesen. Seitdem er alles vergisst und verdreht sei es noch anstrengender mit ihm.

Am Abend steht Herr Michels nur mit einem Unterhemd bekleidet vor seinem Rollator. Er will auf keinen Fall ins Bett.

„Aber es ist schon spät!"

Martha denkt an ihren Feierabend. Sie hat noch eine Verabredung. Als sie das Zimmer wieder verlässt, ruft er ihr hinterher.

„Lassen Sie mich nicht alleine! Gehen Sie nicht wieder weg und machen nichts! Mein Verband muss gewechselt werden!"

Er zeigt auf seinen Bauch. Der Verband ist mit Sekret durchnässt.

„Ich komme gleich."

„Ich hoffe, das stimmt", ruft er mit erhobenen Zeigefinger.

Kurz vor Dienstschluss geht Martha ins Zimmer von Herr Michels, um den Verband zu wechseln. Sie zieht die schwarzen Socken aus, die Druckstellen an seinen Unterschenkeln hinterlassen haben. Seine Füße sind vom langen Sitzen geschwollen. Die helle Haut ist über dem Fußgelenk prall gespannt. Er liegt lässig im Bett, einen Arm unter den Kopf gelegt.

„Bevor Sie gehen, erzähle ich Ihnen noch eine Geschichte."

Martha steht am Bettrand, ihre Hände liegen auf dem Bettgitter.

„Wissen Sie was ein Rüttler ist?"
Martha schüttelt den Kopf.

„Sie müssen wissen: Champagnerflaschen werden in den ersten zwei Wochen täglich im gleichen Winkel um eine Zehntel Umdrehung gedreht. Danach wird die Flasche alle zwei bis drei Tage um ein Viertel gedreht. Die Rüttler sind nur auf das Drehen spezialisiert. Stellen Sie sich mal vor, ein Rüttler kann täglich bis zu fünfzigtausend Flaschen drehen!"

Er schaut aus dem Fenster. Die Bäume tragen schon die ersten gelben Blätter. Bald wird es Herbst. Sein Kopf liegt entspannt in der Armbeuge. Alle Champagnerflaschen, die er in seinem Leben geöffnet hat, scheinen in seiner Erinnerung an ihm vorbei zu tanzen. Martha schaut in sein zufriedenes Gesicht.

„Ich bin gespannt auf Ihre nächste Geschichte, schlafen Sie gut." Sie schaltet das Licht aus und geht aus dem Zimmer.

Die Wunde am Bauch von Herr Michels ist entzündet. Er hat hohes Fieber, es geht ihm nicht gut, ein Krankenwagen wird bestellt. Nach einer Woche erhält Martha einen Anruf aus dem Krankenhaus. Es ist ein kurzes Telefonat, nur ein einziger Satz. Herr Michels ist gestern Abend verstorben. Martha schaut aus dem Fenster des Altenheims, die gelben Blätter wirbeln durch die Luft. Sie denkt an die vielen Champagnerflaschen, immer um ein Viertel gedreht.

2 DIE SEHNSUCHT

„Kannst Du das Fenster öffnen?"

Martha klemmt den Waschlappen zwischen Fenster und Rahmen.

„Nein, so nicht. Das ist zu wenig. Bitte etwas mehr."

Martha versucht erneut, den Waschlappen in die richtige Position zu legen, damit die gewünschte Menge Frischluft ins Zimmer gelangt.

„Mi amor, das ist zu viel."

Frau Lopez liegt mit ausgestreckten Beinen auf dem weißen Laken. Sie wedelt sich mit einem Fächer kühle Luft zu. Der Flamencotänzer auf dem Fächer bewegt sich im Takt um ihren Körper. Ihre braunen Augen leuchten wie die Sonne des Südens. Der füllige Körper verspricht Warmherzigkeit. Sie sagt das „mi amor" auf eine so versöhnliche Weise, dass Martha alle Anordnungen klaglos ausführt.

Frau Lopez ist fordernd und liebevoll zugleich. Wenn Martha sie mit einem „Hola Señora Lopez" begrüßt, ist sie glücklich. Die Sehnsucht nach ihrer

Heimatstadt Barcelona füllt ihr Herz wie einen Ballon, der vollgestopft ist mit Erinnerungen und in den Nächten zu platzen droht. Im Alltag von Frau Lopez haben diese Gefühle keinen Platz. Die spanische Frau ist anstrengend, trotzdem gehört sie unter den hundert Altenheimbewohnern zu Marthas Lieblingen. Von ihr bekommt sie die meisten Komplimente. Wenn Frau Lopez am Frühstückstisch sitzt, ruft sie durch den ganzen Saal, wie gut Martha ihre Arbeit mache, oder wie hübsch sie heute morgen wieder aussehe.

Frau Lopez ist den ganzen Tag mit ihrem Körper beschäftigt. Zwei Pflegekräfte helfen ihr aus dem Bett. Jede Bewegung ist eine große Kraftanstrengung.

Schweißperlen rollen ihr über die Stirn, das frische Hemd ist wie nach einer Joggingtour durchgeschwitzt. Dabei hat sie sich nur vom Bett in den Sessel bewegt. Von dort schaut sie aus dem Fenster zur Eingangstür. Sie sehnt sich nach ihrem geschmeidigen Körper ohne Schmerzen.

Mit zwanzig Jahren ist sie schlank, ihre braunen Augen strahlen neugierig ins Leben, ihr lockiges dunkelbraunes Haar reicht bis zur Taille. Die Männer pfeifen ihr anerkennend hinterher. Mit dreiundzwanzig

Jahren heiratet sie.

„Das ist mein Ehemann! Sieht er nicht fantastisch aus! Alle waren hinter ihm her."

Frau Lopez zeigt mit ihrem rechten Zeigefinger auf eine Schwarzweißfotografie aus den 60er Jahren. Darauf ist ein attraktiver Spanier in einem schwarzen Anzug zu sehen. Die Haare sind exakt nach hinten gekämmt. Auf dem Foto gleicht er Rudolph Valentino. Mit stolzem Blick schaut er über das Bett von Frau Lopez hinweg in die Ferne. An den übrigen Wänden hängen Fotos ihrer sechs Kinder. Typische bunte Familienbilder, die zu Weihnachten auf dem Gabentisch landen. Das Bild ihres Ehemannes hängt wie ein dunkler Schatten über ihrem Bett. Jeder, der das Zimmer betritt, schaut zwangsläufig dorthin. Es ist eine Einladung, sogar eine Verpflichtung, in dieses Gesicht zu schauen.

Die älteste Tochter Pilar hält eine Schachtel Pralinen in der Hand. Martha bedankt sich. Pilar sucht häufig das Gespräch. Wenn es auch nur ein paar Minuten sind.

„Meinen Sie, es ist wieder soweit...?"

Ohne Marthas Antwort abzuwarten, erzählt sie wieder von dem Vater, der die Familie vor 40 Jahren verlassen hat.

„Er ist einfach abgehauen. Ich weiß bis heute nicht

warum. Sie hat die Trennung nie verkraftet. Für meine Mutter ist er an einem Herzinfarkt gestorben. Ach, was erzähle ich."

Martha weiß nie, was sie darauf antworten soll. Die jüngste Tochter Maria verehrt ihre Mutter wie eine Madonna. Sie erfüllt all deren Wünsche, komme, was wolle. Maria macht alles, damit sich die Unzufriedenheit der Mutter nicht in Traurigkeit verwandelt. Wenn die Mutter in ein schwarzes Loch fällt, das alles mit unglaublicher Geschwindigkeit in sich hinein saugt, ist es zu spät. Das hat sie in ihrer Kindheit zu oft miterleben müssen.

Frau Lopez sitzt in einem Fernsehsessel mit elektrischer Aufstehhilfe. Mit der Fernbedienung bringt sie sich in Sitzposition, um besser aus dem Fenster schauen zu können. Pilar meint, ihre Mutter werde zu sehr verwöhnt. Sie kommt ins Zimmer und setzt sich auf die Armlehne eines Stuhls. Viel Zeit hat sie nicht.

„Deine Blutzuckerwerte sind mal wieder sehr hoch."

„Aber ich habe Hunger! Ich habe noch nichts gegessen", protestiert Frau Lopez.

„Doch, du hast gerade gefrühstückt."

Frau Lopez dreht den Kopf zum Fenster.

Der kleine Kühlschrank neben der Tür ist überfüllt mit Limonade, Joghurt und Vanillepudding. Auf dem Tisch stapeln sich Orangen, Kuchen und zerbrochene Schokolade. Frau Lopez wartet sehnsüchtig auf die Hamburger mit Pommes, die sie bei Maria bestellt hat. Sie weiß, wer ihre Wünsche erfüllt. Maria ist das Lieblingskind.

Frau Lopez feiert ihren 80. Geburtstag in Marias Restaurant „Tapas Locas". Das Taxi wartet vor der Tür, sie ist in freudiger Aufregung. Ein Pflegeschüler und Marthas Kollegin Laura helfen ihr aus dem Sessel in den Rollstuhl. Sie suchen die Bluse mit dem roten Blütenmuster, frisieren ihr kastanienrot gefärbtes Haar, tragen blauen Lidschatten und roten Lippenstift auf. Vanilleduft weht durch das Badezimmer. Eine Goldkette glänzt an ihrem Hals, passend zu den Ohrringen. Das Restaurant ihrer Tochter ist eine Bühne für Frau Lopez. Hier ist es ein wenig wie früher. Sie sprüht vor Lebendigkeit, ihre Schmerzen sind verschwunden. Endlich kann sie ihre wahre Persönlichkeit zeigen.

„Ach, es war so schön!", ruft Frau Lopez schon von weitem. Martha wartet am Eingang, um sie mit dem Rollstuhl auf ihr Zimmer zu fahren. Frau Lopez Augen leuchten, sie ist glücklich.

„Ich habe so viele nette Menschen getroffen, Mathilda und Delia waren auch da."

Es ist zweiundzwanzig Uhr. Marthas Nachtdienst hat gerade angefangen. Sie hilft Frau Lopez aus der Bluse, öffnet den Büstenhalter, legt die Goldkette auf eine Ablage im Badezimmer. Mit einem elektrischen Heber bringt Martha sie vom Rollstuhl ins Bett.

„Frau Lopez, Sie müssen mithelfen, sonst schaffe ich das nicht alleine. Ich muss ihnen noch die Hose ausziehen."

Die Stimmung von Frau Lopez stürzt zu Boden. Sie ist wieder in ihren Alltag zurückgekehrt. Der Fächer mit dem Flamencotänzer liegt zusammengefaltet neben der Wasserflasche, die kleine Stehlampe leuchtet für die Nacht, das Radio ist auf die richtige Lautstärke eingeschaltet.

„Ist alles in Ordnung?"

„Vielen Dank, ja."

Frau Lopez hat keine Lust mehr auf ein Gespräch. Kaum ist Martha aus der Tür, klingelt sie.

„Kannst du mir noch den Handventilator geben? Er liegt irgendwo im Nachtschrank."

Minuten später klingelt sie wieder – das Radio ist zu laut. Eine halbe Stunde später das dritte Klingeln – mir ist immer noch so heiß. Kann ich eine Tablette haben? Viertes Klingeln – kannst du meine Knie einreiben? Sie schmerzen so. Im Nachttisch liegen Baldriantabletten neben einer zerquetschten Tube. Die Salbe lindert ihre Arthroseschmerzen. Daneben liegen Zitronenbonbons, zerschmolzene Schokolade und ein Wasserspray gegen den trockenen Mund. Fünftes Klingeln – meine Hose ist nass. Sechstes Klingeln – ich bin so froh, dich zu sehen, kann ich noch einen Erdbeerjoghurt haben?

„Es reicht. Sie müssen endlich schlafen", sagt Martha, während sie den Deckel vom Joghurtbecher abzieht. Dann klingelt Frau Lopez nicht mehr. Aus dem Radio ertönt „Stayin Alive".

Am Morgen liegt Frau Lopez im Tiefschlaf. Die Kinder werden telefonisch informiert. Zwei von sechs Kindern, ein Arzt und das Pflegepersonal stehen um das Bett von Frau Lopez. Sie diskutieren, was zu tun ist. Maria weint, als sie ihrer Mutter einen Becher an den Mund führt. Frau Lopez gelingt es nicht, den Mund zu öffnen. Die Limonade durchnässt das Nachthemd. Pilar steht am Fußende des Bettes und schaut mit distanziertem Blick zu, wie ihre Mutter auf einer Trage aus dem Zimmer transportiert wird.

Am Abend öffnet Martha die Zimmertür von Frau Lopez. Das Bett ist leer. Nur die dunkelblaue Matratze liegt auf dem hölzernen Bettgestell. Das Foto mit dem attraktiven Spanier hängt noch an der Wand. Sein entschlossener Blick ist in die Ferne gerichtet. Martha wird die Discomusik in der Nacht vermissen.

3 DER CHEF

Die Kaffeetasse steht unangetastet auf dem Tisch. Herr Wachtendorf schläft wie immer in seinem Rollstuhl, die Hände über den Bauch gefaltet. Aber diesmal ist es anders. Er reagiert nicht auf die Außenwelt. Martha steckt seinen rechten Zeigefinger in das Sauerstoffmessgerät. Die Digitalanzeige signalisiert zwei unterbrochene Striche in alarmierendem Rot. Die blaue Zahl will einfach nicht erscheinen. Zwei Pflegerinnen versuchen nacheinander, mit dem Stethoskop das pulsierende Blut in den Adern zu hören. Der Blutdruck ist nicht messbar.

„Herr Wachtendorf, hören Sie mich?", fragt Martha. Unheimliche Stille.

Herr Wachtendorf ist ein großer, stolzer Mann. Wenn er mit geschlossenen Augen im Rollstuhl sitzt, scheint er über wichtige Dinge nachzudenken. Er spricht seit Jahren keine vollständigen Sätze mehr. Die letzten Monate kam nur noch ein leises „Ja" mit einem unverständlichen Gemurmel aus seinem Mund.

Marthas Anweisungen nimmt er ohne Widerspruch hin.

„Bitte nach vorne beugen, damit ich Ihren Rücken waschen kann. Nun können Sie frühstücken und eine gute Tasse Kaffee trinken."

Sein Tagesablauf wird vom Pflegepersonal bestimmt. Eigene Entscheidungen bewegen sich zwischen Kaffee trinken und eine Scheibe Brot essen, oder die Augen schließen und schlafen.

Herr Wachtendorf trifft sein ganzes Leben lang schwerwiegende Entscheidungen. Die Wichtigste trifft er 1948, als er zur Währungsreform vierzig Deutsche Mark erhält. Jeder Bürger bekommt diesen Betrag bar auf die Hand. Herr Wachtendorf gehört nicht zu denjenigen, die das Geld an einem Abend ausgeben. Er hat ein klares Ziel vor Augen. Das Geld ist sein Startkapital für eine eigene Firma. Nach dem Krieg ist Baumaterial gefragt. Zement, Wasser und Gesteinskörnungen waren damals soviel wert wie pures Gold. Herr Wachtendorf weiß, dass er mit harter Arbeit und Disziplin erfolgreich sein wird. Mit Beton will er seine Firma groß machen. Und als er Hildegard auf einem Tanzabend kennenlernt, ist ihm sofort klar: Das ist die richtige Frau an seiner Seite. Sie ist klug, durchsetzungsfähig und scheut sich nicht vor der Arbeit.

Martha bringt mit Hilfe ihrer Kollegen den großen Mann so schnell wie möglich ins Bett. Sie lagern die Beine hoch, vielleicht fließt ja doch noch etwas Blut in den Kopf. Seine Gesichtsfarbe wechselt von verblichenem Gelb zu winterlichem Weiß, der Atem ist flach. Seine Frau sitzt gefasst neben ihrem Mann und benachrichtigt die Kinder und Enkelkinder.

„Könnt ihr kommen? Opa geht es nicht gut."
Das Wort „sterben" wagt sie noch nicht auszusprechen. Es ist einfach zu ungeheuerlich. Er soll nicht ins Krankenhaus. Martha ahnt, die letzten Minuten dieses Lebens haben begonnen. Die hagere Frau hängt ihre dunkelbraune Tweedjacke über den Stuhl. Sie schwitzt vor Aufregung. Vor diesen Moment hat sie sich immer gefürchtet.

„Wie soll ich ohne ihn leben?", sagt sie leise zu sich selbst. Fünfundsechzig Ehejahre sind eine lange Zeit.

Sie nimmt die Hand ihres Mannes und lässt ihren Kopf auf seinen Bauch fallen.

„Du darfst nicht gehen!", ruft sie verzweifelt.

Martha verlässt das Zimmer. Sie ist erleichtert, dass Herr Wachtendorf in Ruhe sterben darf. Er soll nicht reanimiert werden. Das hat Frau Wachtendorf ausdrücklich gesagt. Nach einer halben Stunde öffnet Martha vorsichtig die Tür. Herr Wachtendorf liegt mit geschlossenen Augen im Bett. Seine Frau sitzt neben ihm auf einem Stuhl. Sie umklammert die linke

Hand ihres Mannes. Ihre rotlackierten Fingernägel bohren sich tief in die weiße Haut. Ihre Gefühle hat sie wieder unter Kontrolle. Das hat sie schon in ihrer Kindheit gelernt, in der Nachkriegszeit war kein Platz für große Gefühle. Zwischendurch nimmt sie die Anrufe der Familienangehörigen entgegen.

„Sie haben einen schweren Beruf", sagt sie zu Martha. Sie besucht ihren Mann täglich und hat immer ein anerkennendes Wort für das Pflegepersonal.

Herr Wachtendorf atmet ein letztes Mal tief ein - dann Stille.

„Ich habe es schon seit Tagen gespürt."

Martha schaut in das tote Gesicht. Bilder ihres verstorbenen Vaters erscheinen vor ihrem inneren Auge. Der geöffnete Sarg aus Eichenholz war umgeben von weißen und roten Rosen. Er stand im Mittelpunkt der lichtdurchfluteten Leichenhalle. Die Berührung der kalten Stirn durchfuhr sie wie ein Stromschlag. Er war tatsächlich tot. Der leblose Körper fühlte sich wie kalt gewordenes Wachs an. Ihre Finger hinterließen keinen Abdruck auf der gelblichen Haut, die durch eine Feuchtigkeitscreme glänzte. Er trug seinen besten Anzug, als würde er auf ein Familienfest gehen.

Die große schlanke Frau richtet ihren Blick auf etwas Unbestimmtes. Sie scheint ihren Mann nicht zu sehen, obwohl sie ihn anschaut.

„...und dann ist der Zeitpunkt da", sagt sie nach einer langen Pause. Leise strömt die letzte verbleibende Luft aus dem leblosen Körper. Er liegt ruhig im Bett, als wäre nichts geschehen.

Frau Wachtendorf baut die Firma gemeinsam mit ihrem Mann auf, sie überstehen gute und schlechte Zeiten. Jetzt wird das Familienunternehmen verkauft. Die Kinder warten schon seit langem darauf, es geht um viel Geld. Die Firma bekommt einen neuen Eigentümer.

Nacheinander treffen die Kinder, Enkel und Urenkel ein. Nicht alle können kommen. Sie sind auf Weltreise, im Urlaub oder sie wohnen im Ausland. Ein paar Familienmitglieder weinen, andere schauen finster ins Leere. Das Zimmer ist gefüllt mit Ratlosigkeit und Traurigkeit. Martha steht unsicher im Raum und fragt, was sie noch tun könne. Aber es gibt nichts mehr zu tun.

4 DER LIEBHABER

„Gehen wir tanzen? One, two, three o'clock, four o'clock, rock."
Frau Tannenberg schnippt mit den Fingern im Rhythmus von Bill Haleys Song. Mit erwartungsvollen Augen schaut sie zu Martha.

„Nein, ich bringe Sie zur Toilette."

Es ist zwei Uhr nachts. Frau Tannenberg sitzt am Bettrand und lässt sich von Martha die rosafarbenen Pantoffeln anziehen. Sie umklammert die Griffe des Rollators aus Angst, ins Bodenlose zu fallen. Unsicher stellt sie einen Fuß vor den anderen. Bis zum Bad sind es mindestens zwanzig Schritte. Frau Tannenberg fixiert die Kloschüssel, noch fünf Schritte, dann lässt sie sich auf den Toilettensitz fallen. Martha hält sie am Arm fest.

„Five, six, seven o'clock, eight o'clock, rock" singt Frau Tannenberg, während der Urin an ihren Oberschenkeln entlangläuft. Zwei glitzernde Armbänder in dunkelrot und weiß bewegen sich im Takt auf ihrer faltigen Haut. An einem Finger leuchtet ein großer Ring aus blauen Strass-Steinen. Sie trägt ihren Schmuck Tag und Nacht, aus Sorge, er könnte gestohlen werden.

„Du hast aber ein schönes Gesicht. Siehst aus wie eine Puppe. Warst du beim Friseur?"

Martha kennt die täglichen Fragen von Frau Tannenberg.

„Hast du einen Mann? Du hast keinen Mann? Das gibt es doch nicht!"

Martha lacht.

„Der Vater meiner Tochter ist schon lange über alle Berge", sagt sie.

„Du musst dir einen neuen Mann suchen!"

Martha schaut beim Ausziehen des Nachthemdes auf die tätowierte Rose am rechten Oberarm, deren Konturen mit den Jahren verblasst sind. Sie hat selbst großflächige Tattoos. Frau Tannenbergs Unterhose ist nass. Martha reißt die Einweghose an den Seiten auf und nimmt eine wattierte Einmalunterhose aus dem Schrank. Sie befestigt die seitlichen Klebestreifen, während Frau Tannenberg sich an Marthas Hüfte festhält.

„Ich falle! Ich kann nicht mehr stehen!"

Ängstlich klammert sie sich an Martha.

„Nein, ich halte Sie fest. Vertrauen Sie mir."

„Und wenn ich doch falle?"

„Dann tanzen wir einen Rock'n'roll."

In kleinen unsicheren Schritten schlurft Frau Tannenberg mit ihrem Rollator bis zum Bett. Sie ist außer Atem, ihr Herz schlägt so schnell wie nach einer Joggingtour durch den Wald. Jetzt nur noch die Beine auf das Bett und mit dem Körper zum Kopfende rutschen.

„Liegen Sie gut? Träumen Sie was Schönes. Gute Nacht."

Martha zieht die Zimmertür zu.

Bei jeder Gelegenheit erzählt Frau Tannenberg, dass ihr Vater ein Amerikaner ist. Sie lernt ihn nie kennen. Der US-Soldat kehrt 1945 in seine Heimat zurück. Eine Heirat mit ihrer Mutter ist damals ausgeschlossen. Kurze Zeit später heiratet ihre Mutter einen deutschen Mann, mit dem sie noch zwei Kinder bekommt. Als Teenager entdeckt Frau Tannenberg den Rock'n'roll, sie geht jeden Samstag auf Tanzveranstaltungen in der Stadt. Mit Rock'n'roll kann sie ihre Aggression gegen die ältere Generation rauslassen. Sie ist wütend auf die ganze Welt, besonders auf ihre Mutter. Sie will bloß nicht so sein wie sie, die nur ihren Haushalt und die Familie im Sinn hat. Immer wieder warnt die Mutter, sie soll sich vor den Männern in Acht nehmen. Frau Tannenberg soll kein „Amiliebchen" werden. Als würde sie sich für eine Strumpfhose oder eine Schachtel Zigaretten einem Soldaten an den Hals werfen. Die Geschichten ihrer Mutter interessieren Frau Tannenberg nicht. Sie ist jung.

„Nine, ten, eleven o'clock, twelve o'clock, rock."

Ihre Hand zeichnet kleine Bewegungen in die Luft. Sie erinnert sich an die Samstagabende, an ihr gelbes Lieblingskleid, das aus einem bauschigen Nylonunterrock bestand. Damit war Frau Tannenberg eine kleine Berühmtheit auf der Tanzfläche. Jeder Mann wollte mit ihr tanzen, weil sie den Rock'n'roll perfekt beherrschte.

Frau Tannenberg vermisst ihr früheres Leben. Das Tanzen, ihre Freunde, ihren Ehemann. Deshalb ist sie an mindestens vier Tagen in der Woche nicht gut drauf. An den schlechten Tagen hat Martha Mühe, sie aus dem Bett zu holen.

„Ich habe solche Schmerzen", jammert sie.

Martha versucht herauszufinden, wo sie Schmerzen hat. Während sie ihre Füße und Beine berührt, schreit Frau Tannenberg laut auf.

„Wo haben Sie Schmerzen?"

„Einfach überall", klagt Frau Tannenberg mit theatralischer Stimme. In diesem Zustand kann sie nicht in ihre Vergangenheit fliehen. Der Schmerz fließt von den Füßen über die Beine durch den ganzen Körper. Martha streicht sich mit der Hand eine blaue Haarsträhne aus dem Gesicht und seufzt.

Alle Überredungskünste zum Aufstehen scheitern.

„Dann bleibt Sie eben im Bett", sagt Martha genervt zu sich selbst. Sie ist nicht gut drauf. Sie hat zu wenig geschlafen. Jetzt noch Frau Tannenberg zu guter Laune überreden, das geht heute nicht.

Frau Tannenberg ist aufgelöst, niemand kann sie beruhigen. Ihre Zimmernachbarin schläft, aber das interessiert sie nicht. Das Gefühl der Verzweiflung kommt unerwartet und intensiv. Sie möchte sofort ihren Sohn anrufen. Sie weint, schreit, sie hält das alles nicht mehr aus. Martha steckt beide Hände in die Hosentaschen und schaut Frau Tannenberg ratlos an. Wenn sie nur wüsste, wie sie die Frau beruhigen könnte. Die Zimmernachbarin scheint trotz des Lärms zu schlafen. Ihre Hörgeräte liegen auf dem Nachttisch. Weder gutmütiges Zureden noch klare Ansagen helfen.

„Ich will, dass du meinen Sohn jetzt anrufst!", sagt Frau Tannenberg.

„Ich kann Ihren Sohn nicht mitten in der Nacht anrufen", versucht Martha zu erklären.

„Ich bin mit dem Herz geplagt. Ich habe so einen Druck hier in der Gegend."

Sie reibt mit ihrer linken Hand in der Herzgegend.

„Du rufst sofort meinen Sohn an!"

„Nein. Nicht jetzt. Ich rufe ihn morgen an."

Martha knipst das Licht aus und verspricht, noch

einmal vorbeizuschauen. Frau Tannenberg schluchzt weiter in sich hinein.

Der Sohn ist besorgt um seine Mutter, er besucht sie täglich. Sie scheinen ein enges Verhältnis zueinander zu haben. Das Foto auf ihrem Nachttisch zeigt die beiden vor einer großen Kirche, auf einer Hochzeitsfeier. Sie trägt einen großen hellroten Sonnenhut. Die blonden Locken fallen weich über ihre Schultern. Das bunte Sommerkleid flattert im Wind. Ihre Figur hat sie für den Fotografen vorteilhaft positioniert, das Standbein ist dem Betrachter zugewandt. Sie steht auf ihren hohen Pumps, wie eine Schauspielerin, die genau weiß, wie sie die Blicke der anderen anzieht.

„Auf diesem Foto sehen Sie aber gut aus",
sagt Martha.

„Das war einmal. Jetzt bin ich nur noch ein alter Gemischtwarenladen mit ein paar Ladenhütern im Regal. Schau her!"

Frau Tannenberg greift in ihren Ausschnitt, um Martha ihre schlaffe Brust zu zeigen.

Frau Tannenberg investiert viel Zeit und Geld in ihr attraktives Aussehen. Ihre Mutter hat Angst, dass ihre Tochter ein uneheliches Kind nach Hause bringt und dass sie keinen Mann findet, wenn sie nicht bald heiratet. Sie ist schon siebenundzwanzig Jahre alt, als sie ihren Mann heiratet. Er verehrt sie über alles. Mit ihm tanzt sie den Rock'n'roll.

Am anderen Morgen ist Frau Tannenberg wieder zu Späßen aufgelegt. Sie sitzt am Frühstückstisch und schlürft ihren heißen Kaffee, während die Mitbewohner auf eine Geschichte warten. Alle kennen die Geschichten. Aber das ist egal. Wenn Frau Tannenberg erzählt, hört jeder zu.

Nach dem Tod ihres Mannes lernt sie über eine Zeitungsanzeige verschiedene Männer kennen. Ein Mann lädt sie zum Kaffee ein. Sie geht zu ihm nach Hause. Er ist sympathisch, sonst hätte sie das nie gemacht. Nachdem sie den Kuchen gegessen und den Kaffee getrunken hatten, zieht er seine Hose herunter. Nur noch mit einem karierten Oberhemd bekleidet und weißen Tennissocken an den Füßen, so steht er vor ihr.

„Er hatte ein sehr großes Ding zwischen den Beinen baumeln", sagt Frau Tannenberg.

An Sex sei nicht zu denken gewesen. Dramatische Stille im Saal. Die drei Frauen und ein Mann am Tisch richten die Augen auf Frau Tannenberg, in der Hoffnung, dass die Geschichte weitergeht. Sie haben einander nie wieder gesehen, sagt Frau Tannenberg, die Geschichte ist hiermit zu Ende. Enttäuschte Gesichter. Die Bewohner konzentrieren sich wieder auf den Marmorkuchen, den sie bedächtig im Mund hin und her bewegen. Dazu trinken sie einen Schluck

Kaffee.

Frau Tannenberg sitzt in ihrem Sessel, die Beine lässig übereinandergeschlagen, mit Blick zum Gemeinschaftsraum. In ihrem roten Jackett und mit einem gelben Tuch um den Hals ist Frau Tannenberg der Mittelpunkt im Saal. Rot steht ihr besonders gut. Martha reicht ihr ein Glas Wasser.

„Ich bin die Mutter von meinem Sohn Michael. Kennen Sie mich?"

„Natürlich kenne ich Sie", sagt Martha.

„Woher kennen Sie mich denn?", fragt Frau Tannenberg.

„Ich arbeite hier."

„Da bin ich aber froh, dass ich nicht alleine bin."

5 DER GEBURTSTAG

Das Kopfkissen sieht aus wie ein riesiges Zelt, weiße Haare lugen daraus hervor. Wie Schirmchen einer Pusteblume, die darauf warten, verweht zu werden. Frau Lehmanns Alltag besteht aus Schlafen, Essen, Sitzen. Für sie fühlt sich ein Tag wie ein Jahr an.

Familienfeste, Weihnachten oder Ostern haben keine Bedeutung mehr. Frau Lehmann lebt in der Welt wie ein Neugeborenes, dessen Tage und Wochen im gleichen Rhythmus vergehen. Martha föhnt die grauen Haare in eine wellige Frisur. Sie überlegt, welche Haarfarbe sie hatte, ob sie Freundinnen geworden wären. Das Gespräch mit Frau Lehmann beschränkt sich auf Gesten. Martha zeigt auf die hellblaue Bluse mit dem zarten Blütenmuster, auf die silberne Halskette, auf den Anhänger, ein Kreuz aus weißen Saphiren. Frau Lehmann lächelt zufrieden. Martha fährt sie mit dem Rollstuhl in den Frühstücksraum. An Frau Lehmanns Platz steht ein bunter Blumenstrauß zur Feier ihres hundertsten Geburtstags. Martha ist vierundsechzig Jahre jünger als Frau Lehmann und fühlt sich schon ziemlich alt. Frau

Lehmanns Jugend kennt sie nur aus Geschichtsbüchern. Frau Lehmanns Ehemann starb vor 40 Jahren, ihr älterer Sohn starb an Krebs, der Jüngere lebt in einem Altenheim. Er ist achtzig Jahre alt. Nachbarn, Freunde, Schulkameraden, Verwandte, Arbeitskollegen, die ihr viel bedeuteten, sind gestorben. Frau Lehmann ist umgeben von ihr fremden Menschen. Das Pflegepersonal gratuliert ihr, sie lächelt und schaut abwechselnd auf den bunten Blumenstrauß und den Schokoladenbrei.

Frau Lehmann kam vor fünf Jahren ins Altenheim, weil sie das Essen und Trinken vergaß. Ihr Gesundheitszustand ist mal besser mal schlechter, als könne sie sich nicht entscheiden, zu welcher Welt sie gehören möchte. Wenn Martha ihr lange in die Augen schaut, lächelt sie. Gelegentlich bringt sie sogar ein leises „Guten Morgen" über die Lippen. Ganze Sätze spricht sie schon lange nicht mehr.

Wenn es ihr sehr schlecht geht, isst sie nichts, jeder Schluck Wasser ist eine gewaltige Anstrengung für sie. Sogar den geliebten Schokoladenbrei möchte sie dann nicht essen. Der Schluckreflex funktioniert nicht mehr. Frau Lehmann wird immer dünner, die beigefarbenen Hosen und weißen Blusen schlackern um ihre Hüften. Wenn Martha ihren Rücken wäscht, lässt sie sich wie eine Puppe von links nach rechts drehen. Ihr fehlt die Muskulatur, um sich aus eigener Kraft zu bewegen. Die meiste Zeit bleibt sie im Bett.

Martha kann sich nicht vorstellen, dass Frau Lehmann eines Tages sterben wird. Frau Lehmann stirbt nie. Es ist, als säße sie in einem Wartezimmer und die Arzthelferin hätte vergessen, sie aufzurufen. Sie wartet geduldig.

Durch das geöffnete Fenster strömt frische Luft ins Zimmer. Staubkörnchen flirren im morgendlichen Sonnenlicht. Frau Lehmann liegt mit weit aufgerissenen Augen im Bett. Braune Flüssigkeit tropft auf das rosafarbene Nachthemd. Ihr Mund ist verschmiert, vom Schokoladenbrei. Sie atmet schwer. Martha will Frau Lehmann von der rechten auf die linke Seite drehen, ein Kissen zwischen die Beine stecken und den Kopf bequem lagern. Sie stellt das Kopfende hoch, um ihr das Atmen zu erleichtern.

„Frau Lehmann, Sie brauchen keine Angst zu haben, ich bin bei Ihnen."

Martha nimmt ihre schmale Hand. Vielleicht versteht sie ja doch. Martha und ihre Kollegin sind sich einig. Kein Arzt, kein Krankenhaus. Sie darf hier sterben. So steht es in der Patientenverfügung.

„Bitte nicht in unserer Schicht. Wir haben keine Zeit für Sterbefälle", flüstert die Kollegin.

Martha verzieht das Gesicht. Frau Lehmanns Atmung rasselt laut vor sich hin. Die schlaffen Schlundwände schlagen aneinander wie zu locker gespannte Segel. Bei diesen Geräuschen fällt es schwer, nicht helfen zu können. Martha befeuchtet den Mund und hält für einen kurzen Moment Frau Lehmanns Hand. Frau Lehmanns Blick scheint durch die Wände zu schauen. Sie spürt, ihre letzten Atemzüge haben begonnen.

Während Frau Lehmann mit dem Tod kämpft, laufen die Routinearbeiten weiter. Als Martha wieder ins Zimmer schaut, liegt sie leblos im Bett. Ihr Körper ist noch warm, es muss gerade eben passiert sein. Martha hat ein schlechtes Gewissen. Sie hätte länger bei ihr bleiben sollen. Ihre Hand länger halten, sie begleiten bis zum Ende. Martha informiert den Arzt und Frau Lehmanns Sohn. Dann legen sie den Leichnam auf eine Bahre. Frau Lehmanns Gesichtszüge sind entspannt, die Haut ist gelblich verfärbt. Sie trägt die hellblaue Bluse mit dem zarten Blütenmuster und ihre Halskette mit dem Kreuz aus weißen Saphiren.

Kurz vorm Einschlafen fällt Martha ein, dass sie vergessen hat, den Sterbezeitpunkt in der digitalen Akte zu dokumentieren. Die Medikamente von Frau Lehmann hat sie auch nicht aus der Kiste geräumt. Im Traum läuft sie endlose Gänge hinauf und hinab. Immer weiter, ohne Pause. Der Schrittzähler auf ihrer Uhr zeigt sieben Kilometer an. Jemand stirbt und ist plötzlich wieder lebendig. Wir müssen ihn noch einmal anziehen, alles von vorne.

6 DIE FAMILIE

Frau Peters sitzt mit gebeugtem Rücken auf der Bettkante.

„Ich hasse mein Alter, mein Leben, meinen Körper", sagt sie.

Sie versucht ihren Rollator in die richtige Position zu bringen.

„So schnell gebe ich nicht auf. Ich war schon immer stur wie ein Stier."

Frau Peters klagt jeden Morgen ihr Leid, wenn Martha ins Zimmer kommt und die Gardinen aufzieht.

„Ich fühle mich ganz dumm im Kopf. Ich hätte nie gedacht, dass es einmal so weit kommen würde", seufzt Frau Peters, während sie sich mit beiden Armen auf die Griffe des Rollators stützt.

„Wer braucht so ein unhandliches Ding? - Niemand." Sie zeigt mit dem Finger auf ihre Gehhilfe. Mit einer Hand öffnet sie umständlich die Bremse und steuert auf das Badezimmer zu. Martha zuckt mit den Achseln.

„Da kann ich jetzt auch nichts machen."

Martha geht nicht auf das Klagen von Frau Peters ein.

„So ist das eben im Alter."

Martha kann das Jammern nicht mehr hören. Frau Peters bereut es, überhaupt etwas gesagt zu haben. Sie will keinem zur Last fallen. Sie versucht, allein zurecht zu kommen, obwohl sie im Bad viel mehr Zeit als früher braucht. Es fällt ihr schwer, alle Bewegungen langsam machen zu müssen. Ihr Kopf ist schneller als ihr Körper. Während sie sich breitbeinig am Waschbecken festhält, wäscht Martha ihr das Gesäß. Sie schämt sich, in dieser Position vor einer fremden Person zu stehen. Sie ist es noch nicht gewohnt, dass jemand ihr beim Waschen hilft. Martha verliert über die Situation keine Gedanken. Das ist seit Jahren ihr Job.

Der Terminkalender von Frau Peters ist immer voll. Nach der Büroarbeit kocht sie für die Familie und hilft den Kindern bei den Hausaufgaben. Sie ist im Gesangverein, im Turn- und im Kegelverein. Mit ihrem Mann verreist sie jedes Jahr in die Berge. Vor zwei Jahren waren sie das letzte Mal am Tegernsee. Dieses Leben existiert nicht mehr.

„Es geht doch schneller zu zweit", sagt Martha, während sie Frau Peters beim Anziehen hilft und nach einer frischen Einmalunterhose sucht. Die Schublade mit den Papierhosen ist leer.

„Meine Kollegen haben schon wieder nicht aufgefüllt", flucht Martha. Verärgert sucht sie in einem anderen Zimmer eine Unterhose. Frau Peters sitzt nackt am Waschbecken. Sie friert.

„Ich war schon immer stark wie ein Stier", sagt Frau Peters. Sie hat sich an den neuen Tagesablauf noch nicht gewöhnt, obwohl sie schon seit drei Monaten im Heim wohnt. Zu Hause konnte sie aufstehen, wann sie wollte, im Altenheim wird sie häufig zu früh geweckt.

Mit einem Wohnungswechsel hat Frau Peters keine Erfahrung. Sie ist nur das eine Mal umgezogen, als sie von zu Hause in das Elternhaus ihres Mannes zieht. Damals hat sie nur einen Koffer in der Hand. Frau Peters lächelt, wenn sie an ihren ersten Auszug denkt, an die vielversprechende Zukunft, die vor ihr lag. Der Umzug ins Altenheim ist innerhalb weniger Stunden erledigt. Sie hat wieder einen Koffer dabei. Zu ihrem neuen Zimmer gehören ein verstellbares Bett und ein Schrank zum Inventar. Das kleine Sofa mit den Kissen und ein Tisch sind die einzigen privaten Möbelstücke. Als Frau Peters zum ersten Mal ihr neues Zimmer betritt, fühlt sie sich wie in einem Kurzurlaub mit Vollpension. Die Tochter hängt Familienfotos an die Wand und stellt eine Blumenvase aus grünem Porzellan auf den Tisch. Das Ölgemälde, auf dem ein sonnendurchfluteter Waldweg zu sehen ist, hängt nun über ihrem

Bett. Jahrzehntelang hat dieses Bild über der Couch im Wohnzimmer von Frau Peters seinen Platz. In ihrem neuen Zimmer sieht der Waldweg fremd aus. Ein Foto von der letzten gemeinsamen Reise mit ihrem Mann steht auf dem Nachttisch. Herr und Frau Peters lachen in die Kamera, beide halten ein Glas Bier in der Hand.

Das große Haus, in dem Frau Peters fast ihr ganzes Leben verbringt, ist verkauft. Ihre Kinder helfen beim Ausräumen der Wohnungseinrichtung aus sechs Jahrzehnten. Es dauert einen Monat, bis das Haus leergeräumt ist. Die Kinder nehmen nicht viel mit. Ein Großteil der Möbel, Bilder, Souvenirs, das Porzellan, das Besteck, die Töpfe und Pfannen und ihre Tasse, aus der sie jeden Morgen ihren Kaffee trank, landen im Container. Der Umzug gleicht einem Ausverkauf ihres ganzen Lebens.

„Mein altes Leben ist nun vorbei", sagt Frau Peters, „ich gebe nicht auf."

Kurz nach Frau Peters 85. Geburtstag erleidet ihr Mann einen Schlaganfall. Seitdem ähnelt Frau Peters Tagesablauf dem von Marthas Arbeitstag. Morgens hilft sie ihrem Mann beim Waschen, dann bereitet sie das Frühstück zu. Eine Tasse Kaffee und eine Weißbrotschnitte mit Erdbeermarmelade. Vollkornbrot kann er schon lange nicht mehr kauen. Sogar die Weißbrotschnitte muss er in den Kaffee tunken. Aus Angst, sich zu verschlucken, schiebt er das mit Kaffee durchgeweichte Weißbrot im Mund von rechts nach links, bis eine undefinierbare braune Flüssigkeit an den Mundwinkeln herausläuft. Das Schlucken fällt ihm sehr schwer.

„Nun schluck doch endlich!", ruft Frau Peters mehrmals am Tag. Der Mann will am liebsten gar nichts mehr essen. Wenn er zu hastig einen Schluck Kaffee trinkt, hustet er die Hälfte wieder aus und das frisch gewaschene Hemd fliegt in den Wäschekorb.

Die Kräfte ihres Ehemannes lassen nach. Bald kann er nicht mehr aufstehen. Wo sie früher gemeinsam auf der Couch saßen und abends die Tagesschau sahen, steht nun ein Pflegebett. Nichts ist so wie früher. Nachts wird Frau Peters vom Stöhnen ihres Mannes geweckt. Dann starrt sie an die dunkle Decke, während ihre Gedanken unkontrolliert durch die Vergangenheit springen. Wenn das lähmende Gefühl der Angst aufkommt, steht sie auf und trinkt eine Tasse heiße Milch mit Honig. Sie fragt sich, wie das alles weitergehen soll. Der Alltag mit vielen kleinen Tätigkeiten wiederholt sich jeden Tag aufs Neue. Sie hat keine Zeit für sich. Ihr Kalender ist gefüllt mit Arztterminen.

Sie kann ihren Mann nicht mehr alleine lassen und

will ihn nicht in ein Altenheim geben. Wenn sie etwas zu erledigen hat, kommen eine Pflegekraft oder ihre Tochter ins Haus. Bald schafft sie die Arbeit trotzdem nicht mehr. Sie muss ihn schweren Herzens ins Heim geben. Martha pflegt Herrn Peters noch ein Jahr bis er stirbt. Danach nimmt Frau Peters seinen Platz im Altenheim ein.

Bevor sie das Zimmer verlässt, schaut sie auf den leeren Kalender. Weder ein Arztbesuch noch ein Treffen mit einer Freundin. Leere auf weißem Papier. Die meiste Zeit verbringt Frau Peters auf ihrer kleinen Couch. Sie schaut aus dem Fenster, während Erinnerungen wie Kohlensäure aus einer frischen Limonade in ihr aufsteigen. Sie kann nichts dagegen tun. Es passiert einfach. Mal geht sie als kleines Kind mit ihrer Mutter zum Einkaufen, im nächsten Moment streift das Bild eines Jugendfreundes ihre Gedanken. Frau Peters ist unruhig.

„Ich werde noch verrückt. Ich möchte nicht ständig an die Vergangenheit denken, aber sie kommt einfach. Ich denke ständig an meinen Vater."

Eine lange Pause entsteht. Martha lässt Frau Peters reden und schüttelt die Kissen auf.

„Mein Vater war sehr streng."

Frau Peters wischt sich mit einer Hand die Tränen aus dem Gesicht.

„Nach mir fragte niemand. Ich machte den ganzen Haushalt und versorgte meine jüngeren Geschwister. Meine Mutter ist gestorben, da war ich 13 Jahre alt." Martha massiert ihren verspannten Rücken.

„Meine Schwester wurde immer bevorzugt!", sagt Frau Peters.

„Ich war so froh, als ich meinen Mann kennenlernte. Da konnte ich endlich ausziehen."

Martha erzählt, dass sie mit achtzehn Jahren von zu Hause ausgezogen ist. Als sie ihre Ausbildung begann und in ein Wohnheim zog. Frau Peters hört Martha nicht zu. Sie spricht weiter von ihrer Familie, aber Martha muss zum nächsten Bewohner.

„Wir sehen uns später."

Frau Peters redet weiter, obwohl Martha schon nicht mehr im Zimmer ist.

Jeden Morgen nimmt Martha die frische Wäsche aus dem Schrank.

„Meine verdammte Familie geht mir Tag und Nacht im Kopf herum. Sie lässt mich nicht los", sagt Frau Peters. Martha begleitet sie ins Bad.

„Ich habe so eine Wut im Bauch, auf meinen Vater, diese ganze furchtbare Familie."

Mit geballten Fäusten sitzt Frau Peters auf einem Stuhl am Waschbecken. Martha reicht ihr die sauberen Zähne aus dem Becher, sie stellt keine Fragen. Sie will nur fertig werden, sie muss weiter. Während sie Frau Peters Rücken abtrocknet, sind die Kinder an der Reihe.

„Meine Tochter ruft nicht mehr an. Die hat mich vergessen."

Frau Peters hat furchtbare Angst, wieder zu fallen. Die Folgen eines Sturzes sind ihr noch deutlich in Erinnerung. Letztes Jahr lag sie zwei Wochen mit einem Oberschenkelhalsbruch im Krankenhaus. Nach der Operation waren ihre Gelenke noch steifer als zuvor. Sie konzentriert sich auf jeden Handgriff. Trotzdem ist sie letzte Nacht wieder gestürzt. Sie verlor das Gleichgewicht, als sie von ihrem Bett mit dem Rollator zur Toilette wollte und fiel mit dem Gesicht auf den Boden. Ihr rechter Arm war nach hinten verdreht. Sie erreichte den Klingelknopf an ihrem Handgelenk nicht und hatte Angst, sich zu bewegen. Stunden vergingen, bis jemand die Tür öffnete und sie auf den kalten Fliesen liegend fand. Zwei Pflegekräfte halfen Frau Peters ins Bett. Sie hatte Glück. Alle Knochen waren noch heil.

„Ich bin zäh und ich gebe nicht auf!", sagte sie.

Ihre Gedanken bestehen nur noch aus einzelnen Sätzen, die keinen Sinn mehr ergeben. Martha und Frau Peters sind jetzt ein eingespieltes Team. Die gleichen Handgriffe im Bad, die gleichen Fragen und

Antworten. Frau Peters lächelt, wenn Martha die Zimmertür öffnet und ihr einen guten Morgen wünscht.

„Schauen sie mal, auf dem Stuhl sitzt mein Vater", sagt Frau Peters zu Martha.

„In der Ecke sitzt keiner."

„Doch, ich sehe es genau, es ist mein Vater. Er ruft nach meiner Mutter."

„Ihr Vater ist doch schon lange tot."

„Aber wenn ich's Ihnen sage, dort sitzt mein Vater."

Martha begleitet sie mit dem Rollator zum Waschbecken und gibt ihr einen Waschlappen in die Hand. Frau Peters weiß nichts damit anzufangen.

„Waschen Sie ihr Gesicht."

„Was soll ich tun?"

„Ihr Gesicht waschen."

Martha macht das Bett und holt frische Kleider aus dem Schrank. Sie kommt ins Badezimmer und findet Frau Peters in der gleichen Position vor. Sie hält den Waschlappen in der Hand und schaut auf den Wasserhahn.

„Frau Peters, waschen Sie Ihr Gesicht!"

„Was soll ich tun?"

„Ihr Gesicht waschen!"

Frau Peters erkennt ihren Kalender nicht mehr wieder. Tagsüber ordnet sie ihre Kissen. Als würde sie ihre Gedanken sortieren. Das Rosenkissen hat ihre Tochter gehäkelt. Auf dem Samtkissen hielt ihr Mann seine tägliche Mittagsruhe. Das Katzenkissen hat sie sich selbst einmal gegönnt. Eigentlich war es zu teuer.

„Stehen sie nicht alleine auf! Sonst fallen sie wieder", warnt Martha.

Ein Rollstuhl muss her. Die Gelenke von Frau Peters sind steif, bei jeder Bewegung hat sie Schmerzen. Sie ist wieder gefallen. Diesmal ist der Unterschenkel gebrochen. Die Tochter kann nicht kommen, weil sie kein Auto hat. Der Sohn wohnt in einer weit entfernten Stadt. Frau Peters ruft die ganze Nacht einen Namen, den keiner versteht. Zwischen den Schlafphasen isst sie ein paar Löffel Vanillepudding. Ihre Augen starren an die weiße Decke.

„Erzählen sie doch mal von ihrer Familie", sagt Martha und lässt den Waschlappen sanft über das Gesicht gleiten.

„Die sind alle tot."

7 DIE FREUNDSCHAFT

Herr Engelmann und Herr Schellenberg sitzen jeden Tag vor der Eingangstür. Beide feiern sie dieses Jahr ihren achtundsechzigsten Geburtstag.

Man kann sagen, sie sind Freunde. Sie diskutieren über Tabaksorten und tauschen Fußballzeitungen untereinander aus. In ihren Korbsesseln zurückgelehnt begutachten sie jeden, der zur Tür hinein oder hinaus geht. Martha spürt ihre Blicke auf ihrem Körper, wenn sie zum Dienst antritt.

„Guten Tag, Herr Schellenberg."

„Guten Tag, Martha."

Martha wundert sich, dass er sich ihren Namen gemerkt hat. Die Bewohner bekommen oft mehr mit, als sie glaubt. Sie sehen, wer ein neues Kleid trägt oder eine andere Frisur. In ihrer Raucherecke entgeht den beiden nichts. Selbst wenn sie ins Leere schauen oder sich auf ihre Zigarette konzentrieren.

Schellenberg schiebt den Rollator mit angezogener Handbremse den Gang entlang, seine Schritte schlurfen über den Boden. Die Bewohner schlafen, es ist drei Uhr in der Nacht. Schellenberg begrüßt Martha, parkt seinen Rollator neben dem Tisch, setzt sich auf einen Stuhl.

„Ich kann nicht schlafen. Ich brauche noch eine Pille."

Er legt Tabak, Filterhülsen und Stopfmaschine auf den Tisch. Der Tabakduft steigt Martha angenehm in die Nase. Mit seiner Rollmaschine schafft er zwanzig Zigaretten pro Tag, die er gar nicht alle raucht.

Martha kann kaum glauben, dass dieser kleine Mann mit dem Gebiss in der Tasche einen Doktortitel in Astrophysik hat. Seine körperliche Verfassung war sehr schlecht, als er ins Altenheim kam. Schellenberg übergab sich nach jedem Essen. Sein Mageninhalt vermischte sich mit erbsengroßen Blutgerinnseln. Er hatte keine Kraft, alleine aufzustehen, und war sehr verwirrt.

Engelmann klingelt. Es ist Zeit für eine Zigarette. Die ganze Nacht läuft der Fernseher. In der Stille kann er nicht schlafen. Engelmann trippelt den Gang entlang bis zum Aufzug. Über den schwarzen Stützstrümpfen trägt er weiße Shorts aus Jerseystoff, die bis zu den Knien reichen. In seiner olivgrünen Outdoorweste und dem braunen Schlapphut sieht er aus wie ein Jäger. Die vielen Taschen sind gefüllt mit Kugelschreiber, Mobiltelefon, Zigaretten, Feuerzeug, Taschenlampe und einem Klappmesser. Er stützt sich auf seinen Spazierstock aus Kastanienholz, dessen silberner Griff mit feinen Mustern verziert ist.

Martha drückt den Aufzugknopf auf Erdgeschoss, sie begleitet ihn nach unten. Die Schiebeglastür am Eingang geht automatisch auf.

„Nicht zu lange draußen sitzen. Es ist kalt", sagt Martha.

Sie würde sich am liebsten auch eine Zigarette anzünden, aber dazu ist keine Zeit. Sie muss mit ihrer Kollegin den nächtlichen Rundgang machen. Unterhosen wechseln, Urinbeutel leeren, das ein oder andere Bein in die richtige Position bringen.

Engelmann spricht selten über sein Leben. Er sagt bei jeder Gelegenheit, er habe es gut im Altenheim.

„Warum sagen Sie das?", fragt Martha.

Es gibt andere Plätze auf der Welt, an denen Martha lieber wäre.

„Ich habe eine eigene Toilette und kann die Badezimmertür zuschließen."

Martha würde gerne mehr über ihn erfahren, aber Engelmann hat viele Details vergessen. Er will sich nicht mehr erinnern. Seine Geschichte stand damals in allen Zeitungen.

Auch Engelmann sah nicht gut aus, als er ins Altenheim kam. Seine Haut ist immer noch grau, die Augen sind umrahmt von dunklen Schatten. Er wurde mehrere Male als Notfall in die Klinik geschickt. Sein Herz war sehr schwach. Er litt unter Atemnot, die Beine waren geschwollen. Seine Füße passten nur noch in übergroße Filzpantoffeln. Martha war überzeugt, er würde nicht lange überleben. Seit einigen Monaten ist sein Gesundheitszustand stabil. Er kann wieder alleine gehen, benötigt keine Hilfe in der Pflege. Also ist Engelmann im Altenheim zufrieden. Er hat ein eigenes Zimmer, mit einem Fernseher, ein bequemes Bett und einen Kleiderschrank.

„Es gab schon schlechtere Zeiten in meinem Leben," sagt er zu Martha, als er das Schloss seiner Zimmertür mit einem Schlüssel zweimal nach rechts dreht. Jeder weiß, er saß mehrere Jahre im Gefängnis. Es geht das Gerücht er sei gefährlich, ein Asozialer, zu seinen Kindern habe er keinen Kontakt. Martha findet ihn sympathisch.

Engelmann wächst mit seinem drei Jahre älteren Bruder im Heim auf. Der Bruder ist ein Vorbild für ihn. Als Engelmann seinen ersten Diebstahl begeht, sitzt der Bruder im Jugendgefängnis wegen kleiner Drogendelikte. Engelmann ist stolz, dass er nicht erwischt worden ist. In einer Kneipe lernt er Kalle kennen. Kalle ist ein paar Jahre älter und hat Erfahrung mit Raubüberfällen. Sie freunden sich an und planen einen bewaffneten Raubüberfall auf eine

Tankstelle am Stadtrand. Engelmann fragt sich, ob das nicht eine Nummer zu groß für ihn ist. Aber die Sache reizt ihn, es geht um das Kribbeln im Blut, die Angst, erwischt zu werden, um danach zufrieden in einen Sessel zu sinken. Er kennt sich bis dahin nur mit kleinen Diebstählen aus.

Engelmann nimmt eine Packung Zigaretten aus dem Regal, die Verkäuferin öffnet die Kasse und Kalle zieht eine Beretta M9 hervor. Kalle zwingt sie, die Geldscheine in die Plastiktasche zu packen. Die Verkäuferin folgt den Anweisungen. Der Lauf der Pistole ist nah an ihrem Gesicht. Ein Fußgänger, der die Szene beobachtet, ruft die Polizei. Innerhalb von zwanzig Minuten ist die Tankstelle von Polizisten umstellt. Kalle und Engelmann nehmen die Verkäuferin als Geisel und fordern ein Auto für ihre Flucht. Die Polizei geht darauf ein. Sie können es kaum glauben. Sechs Stunden lang stehen sie im Mittelpunkt. Das ist für beide ein gutes Gefühl. Engelmann spürt den zitternden Körper der jungen Frau in seinem Arm. Sie hat langes blondes Haar, das nach Apfelshampoo riecht. Er stellt sich vor, sie wären ein Paar. In einer anderen Situation hätte er sie geküsst. Kalle fährt die Landstraße entlang. Sie streiten sich, was als nächstes zu tun sei. Das mit der Geisel war so nicht geplant. Es wird dunkel, als sie das Auto an einer Scheune parken. Die drei legen sich in einen Heuhaufen, zwischen ihnen die Verkäuferin. Aber keiner kann schlafen. Scheinwerfer blitzen durch die Ritzen des Scheunentors. Jemand fordert die beiden über Lautsprecher auf, sich zu ergeben. Sie sind in der Falle. Engelmann wird wegen bewaffneten Raubüberfalls zu sieben Jahren Gefängnis verurteilt.

Engelmann schlürft in den Aufenthaltsraum.

„Setzen Sie sich zu uns", sagt Martha und bietet ihm einen Stuhl an. Sie schiebt eine Tasse schwarzen Kaffee zu ihm hinüber. Im Altenheim spricht niemand über seine Vergangenheit. Sieben Jahre in einer Zelle zu verbringen ist für Martha unvorstellbar.

„Wie sieht eigentlich ein Alltag im Gefängnis aus?"

„Woher wissen Sie, dass ich im Gefängnis war?"

„Das kann man doch im Internet nachlesen."

„Die Leute erzählen viel. Kann ich noch einen Kaffee haben?"

Die Haftanstalt erscheint seltsam vertraut. Schließlich lebte Engelmann lange Jahre im Kinderheim mit strengen Regeln. Er teilt sich eine zehn Quadratmeter große Zelle mit einem Mithäftling. Die beiden streiten sich wegen Kleinigkeiten. Nach drei Jahren wird Engelmann in eine Einzelzelle verlegt. Zehn Quadratmeter für sich zu haben empfindet er als Luxus. Ein schmales Bett, ein Fernseher, ein paar Fotos von seiner

Freundin. Persönliche Gegenstände besitzt er kaum. Tabak ist der wertvollste Besitz. Wer Tabak hat, ist in der Rangordnung ganz oben. Seine Freundin bringt ihm einmal in der Woche Zigaretten mit. Die Tage sind gleich. Aufstehen, Frühstücken, Stromkreise bauen, nachmittags Zeit zur freien Verfügung. Zweimal die Woche ist Duschtag. Er kann im Gefängnis eine Ausbildung zum Elektroniker machen. Das tägliche Krafttraining hilft ihm, die Langeweile zu ertragen. Die Jahre vergehen trotzdem.

Schellenberg liegt schon im Bett, sein Blick ist an die Decke gerichtet. Martha und ihre Kollegin sind auf ihrem ersten Rundgang unterwegs.

„Können Sie nicht schlafen?"

Martha schaut auf das blaue Heft, das immer auf dem Nachttisch liegt.

„Möchten sie meine Doktorarbeit lesen? Das ist mein letztes Exemplar. Der Rest ist bei dem Brand verloren gegangen."

Schellenberg setzt sich auf die Bettkante und gibt ihr das Heft mit den vergilbten Seiten in die Hand. Martha blättert wie immer die Seiten vorsichtig um. Vom Inhalt versteht sie nichts.

„Das haben Sie alles geschrieben?" Schellenberg nickt.

„Ich habe an der Universität gearbeitet, später in

der Forschung. Ich habe die Helligkeit der Sterne berechnet."

Schellenberg beginnt mit einem Vortrag, dem Martha nicht folgen kann.

„Sehr interessant, aber ich muss meinen Rundgang zu Ende machen.

Gelegentlich erinnert sich Schellenberg an sein früheres Leben. Nach der Arbeit trinkt er gerne ein paar Gläser Wein. Seine Frau verlässt ihn, als er achtundvierzig Jahre alt ist. Sie haben keine Kinder. Die Beziehung endet mit einem rosa Zettel auf dem Küchentisch. Sie ziehe morgen aus. Sie habe einen anderen Mann kennen gelernt. Schellenberg liest den Zettel immer wieder. Bis heute kann er sich genau an diesen rosafarbenen Zettel erinnern.

„Es war doch alles in Ordnung", mit gesenktem Kopf sitzt Schellenberg am Tisch. Er ist ratlos. Martha legt ein Brötchen auf seinen Teller.

„Mit Käse oder Marmelade?"

Nur nicht wieder diese Geschichte.

Nach seiner Scheidung trinkt Schellenberg häufiger. Seine Arbeit kann er trotzdem noch gut bewältigen. Hier und da ein paar Fehler, aber das ist nicht tragisch. Er lebt alleine, sucht keine neue Partnerin. Mit Ende Fünfzig verliert er seine Arbeit. Das Institut hat keine weitere Beschäftigung mehr für ihn.

Nun beginnt sein Tag mit einer Flasche Schnaps. Weder das Telefon klingelt, noch hat er Termine. Nur seine ehemalige Frau schaut ab und zu nach ihm. Sie ist es auch, die ihn bewusstlos auf dem Boden in der Wohnung findet. Sie hat ihm das Leben gerettet. Davon ist Schellenberg überzeugt. Nach drei Wochen im Krankenhaus sitzt er wieder zu Hause auf der Couch. Er versucht, weniger zu trinken. Aber nach einigen Monaten ist alles wieder beim Alten. Die leeren Stellen in seinem Gedächtnis werden größer. Er füllt sie mit erfundenen Geschichten, damit keiner merkt, was los ist. Wegen einer angezündeten Zigarette, die im Kopfkissen landet, brennt seine Wohnung aus. Wenige Sachen können gerettet werden, darunter seine Doktorarbeit.

Schellenberg kommt ins Krankenhaus, danach direkt ins Altenheim, die Wohnung wird aufgelöst. Er kann nicht mehr alleine leben, er ist eine Gefahr für sich und seine Umgebung.

Nach sechs Monaten hat er sich im Altenheim gut eingelebt. Martha stellt ein Glas Wasser auf den Tisch.

„Herr Schellenberg, heute trinken wir einen! Der Arzt sagt, das ist gut für die Nieren."

Sie hebt ein Glas Wasser hoch und prostet ihm zu. An einem regnerischen Novembertag sitzen der Astrophysiker und der ehemalige Kriminelle neben dem großen Aschenbecher vor der Eingangstür. Während Engelmann einen Fingernagel mit einem Klappmesser säubert, sucht Schellenberg sein Gebiss in der Tasche eines zu groß gewordenen Sakkos. Er trägt nur die obere Zahnreihe. Die untere passt ihm schon lange nicht mehr. Als Martha nach Dienstschluss das Haus verlässt, sehen beide zufrieden aus.

8 DAS PERSONAL

„Sie ist eine Hexe. In welchem Ton sie mit mir spricht!"

Frau Ries sitzt mit gebeugtem Oberkörper im Sessel. Sie hält ein weißes Stofftaschentuch in ihren schmalen Händen und weint.

„Mein Kopf ist nicht mehr gut, aber das lasse ich mir nicht gefallen. Die mit der blöden Frisur, mir fällt ihr Name nicht ein, die lasse ich nicht mehr in mein Zimmer!"

Martha steht mit den Beruhigungstropfen in der Hand vor ihr. Sie hat nicht viel Zeit, aber in diesem Zustand kann sie Frau Ries nicht alleine lassen.

Frau Ries streicht sich mit der Hand durch das blond gefärbte Haar. Martha sieht den weißen Haaransatz auf ihrem Kopf. Sie müsste mal wieder zum Friseur, denkt Martha. Frau Ries ist eine große, schlanke Frau. Seitdem sie im Altenheim wohnt, ist sie zerbrechlich. Die blaue Bundfaltenhose ist etwas zu weit, das weiße T-Shirt fällt locker an ihrem Körper herab. Die goldene Kette, an dem ein Medaillon mit dem Foto ihres Mannes hängt, erinnert an alte Zeiten. Jeden Tag blättert sie durch das Fotoalbum, das die Tochter ihr zusammengestellt hat. Martha lenkt die Aufmerksamkeit auf Familienfotos, als die Kinder noch klein waren, der Weihnachtsbaum ist mit silbernem Lametta geschmückt. Herr und Frau Ries an einem Strand in Italien. Der Mann starb vor zehn Jahren. Frau Ries zeigt mit dem Finger auf eine Frau.

„Ich kenne sie, aber ich komme nicht auf ihren Namen, sie ist schon tot."

Das Fotoalbum wirkt beruhigend auf sie. In dieser Welt fühlt sie sich zu Hause. Die Gegenwart ist an manchen Tagen verwirrend, sogar bedrohlich. Frau Ries blättert konzentriert jede Seite um. Martha nutzt den Augenblick und geht zur Tür.

„Ich komme gleich wieder."

„Ich kann diese Frau nicht mehr sehen. Sie geht mir auf die Nerven."

Marthas Kollegin Ingrid arbeitet seit dreißig Jahren im Altenheim. Ihre Beine schmerzen, die Gelenke fühlen sich steif an. Sie leidet unter Bluthochdruck. Jeden Morgen zählt sie die Tage bis zu ihrer Rente. Ingrid kann Frau Ries nicht leiden.

„Die denkt, sie sei eine feine Dame! Wenn sie nicht mithilft, dann muss ich eben mal lauter werden. Das ist doch nicht böse gemeint. Ich habe noch andere Bewohner auf meiner Liste."

Martha sagt nichts. Sie kann ihre Kollegin verstehen.

Sie hat auch noch dreißig Jahre vor sich. Martha würde lieber aufhören, bevor sie sich zur Arbeit quält. Aber was sollte sie sonst machen? Das Telefon klingelt, Martha geht ran.

Martha sieht Frau Ries am Ende des Ganges stehen, sie ist barfuß, über dem weißen Spitzennachthemd trägt sie einen roten Büstenhalter. Die Haare stehen in allen Richtungen.

„Ich möchte Abendbrot essen."

„Sie haben doch schon gegessen. Es ist zwei Uhr in der Nacht."

„Nein, das ist nicht wahr. Ich habe noch nichts gegessen. Ich habe Hunger."

Damit sie Ruhe gibt, bereitet Martha ein Käsebrot zu. Mit dem Brot in einer Hand klopft sie die Zimmertür und tritt ein. Das Zimmer ist ein einziges Chaos. Das Holzpferd mit dem goldenen Sattel liegt im Bett, die Fotoalben sind auf dem Boden verteilt, die Wäsche liegt auf dem Tisch. Auf der Fensterbank stehen Schuhe. Martha beseitigt das Chaos und stellt den Teller mit dem Käsebrot auf einen Stapel Zeitschriften.

„Essen Sie, dann können Sie besser schlafen."

Ingrid erscheint nicht zum Frühdienst. Noch zwei weitere Kollegen melden sich krank. Nach dem

Tourenplan ist die Arbeit nicht zu schaffen. Martha ist für Frau Ries zuständig und hilft ihr bei der Katzenwäsche.

„Das Unterhemd ziehe ich nicht an. Das sieht man ja im Ausschnitt! So laufe ich nicht herum."

„Aber es liegt kein Unterhemd mehr im Schrank", sagt Martha.

„So gehe ich nicht unter die Leute!"

„Frau Ries, ich habe nichts anderes heute."

„Dann ziehen Sie wenigstens den Pullover ein wenig nach oben, damit man das Unterhemd nicht sieht", sagt Frau Ries. Sie begutachtet sich im Spiegel und fängt an zu weinen.

„Einige sind ja ganz lieb hier, aber manche gehen nicht gerade fein mit einem um. Wir sind doch auch Menschen! Wäre ich doch wieder in meinem alten Haus. Dann wäre alles wie früher."

Vor ihrem inneren Auge sieht sie den handbemalten Keramikbecher, aus dem sie jeden Morgen ihren Kaffee trank. Die intensiven Farben erinnern sie an das Meer, die Sonne und die unbeschwerten Tage mit ihrem Mann in Portugal. Sie weiß nicht, wo dieser Becher abgeblieben ist. Martha legt ihre Hand auf Frau Ries Schulter.

„Frau Ries, beruhigen Sie sich. Ich bringe sie zum Frühstückstisch. Dort sitzen alle anderen, die auch auf ihr Frühstück warten."

Sie ist tatsächlich eine komplizierte Person, denkt Martha.

Im Frühstücksraum beschwert sich Frau Ries bei ihrer Tischnachbarin über das Personal.

„Manche hier sind unerträglich. Sollen sie sich doch eine andere Arbeit suchen, wenn sie dafür nicht geeignet sind."

„Ja, es ist nicht einfach. Aber ich habe meine eigene Strategie" – , flüstert ihr die Nachbarin Frau Kellerbach zu.

„Ach ja?" –

„Ich stelle mich einfach dumm", sagt Frau Kellerbach.

„Ich weigere mich aufzustehen. Dann sollen die doch schauen, wie sie mich aus dem Bett bekommen. Sie werden ja schließlich dafür bezahlt."

Frau Kellerbach lacht zufrieden und beißt in ein Brötchen mit Erdbeermarmelade. Frau Ries bewundert Frau Kellerbach für ihre Entschlossenheit.

„Die wissen doch gar nicht, was es bedeutet, alt zu sein."

„Ich konnte es mir selber auch nie vorstellen", sagt Frau Ries.

Frau Ries ist verschwunden. Sie ist weder in ihrem Zimmer noch im Aufenthaltsraum. Martha sucht mit

71

zwei Kollegen im ganzen Haus.

„Sollen wir die Polizei rufen? Wenn sie draußen ist, dann erfriert sie uns."

Sie suchen auf allen Stockwerken, im Restaurant, in den Zimmern der Bewohner, im Keller, in der Kammer mit den Putzmitteln. Es ist spät, auf den Gängen ist es ruhig. Martha geht noch einmal zur Eingangstür. Sie ist verschlossen. Auf der rechten Seite führt eine Treppe zum Heizungsraum. Martha geht hinunter, öffnet die Tür. Die Geräusche des Heizkessels wirken bedrohlich. Es gluckert, brummt und knackt. Es ist angenehm warm in diesem Raum. Martha tastet sich an den Wänden zum Lichtschalter vor. Durch das flackernde Neonlicht entdeckt sie Frau Ries hinter einem Kessel, sie kauert auf dem Boden.

„Was machen Sie denn hier? Wir suchen Sie im ganzen Haus!"

„Endlich kommt jemand!", sagt Frau Ries, „ich wollte meiner Tochter die Tür öffnen."

Martha hilft ihr aufzustehen, setzt sie in einen Rollstuhl und bringt sie auf ihr Zimmer. Vollkommen erschöpft setzt sie sich auf die Bettkante und schüttelt den Kopf.

„Ich weiß auch nicht, was mit mir los ist."

Frau Ries liegt endlich im Bett, die Hände über der Decke gefaltet.

„Morgen kommt Ihre Tochter zu Besuch."

Frau Ries hält Martha am Arm fest, damit sie nicht sofort zur Tür geht.

„Sagen Sie mal, wo bin ich hier eigentlich?"

Ihre Stimme ist leise, als dürfe es keiner hören.

„Sie befinden sich in einem Altenheim."

„Wie lange schon?"

„Sie sind seit einem Jahr hier."

„So lange schon? Aber wer hat mich denn hierhergebracht?"

9 DAS VERGESSEN

Frau Förster sitzt im Aufenthaltsraum neben einem Mann, der ihre Hand hält. Als Herr Förster die beiden nebeneinander sieht, dreht er sich um, ohne seine Frau zu begrüßen. Er sucht eine Altenpflegerin.

„Schaffen Sie den Mann da weg", sagt er zu Martha.

Martha bietet Herrn Förster ein Glas Wasser an.

„Wir haben doch immer eine gute Ehe geführt. Nächstes Jahr feiern wir Goldene Hochzeit.", sagt er.

Martha legt ihre Hand vorsichtig auf seine Schulter. Herr Förster schweigt und trinkt einen Schluck Wasser.

„Sie sind schon so lange zusammen, darauf sollten Sie stolz sein. Ich werde keine Goldene Hochzeit feiern. Ich lebe alleine und bin schon Mitte dreißig." sagt Martha.

„Gehen Sie zu Ihrer Frau, Sie werden sehen, alles wird in Ordnung sein."

Martha füllt sein halbleeres Glas mit frischem Wasser auf.

Herr Kröger bekommt keinen Besuch. Weder von seiner ehemaligen Frau, noch von seinen zwei Söhnen. Sie leiden viele Jahre unter den Wutausbrüchen des

Vaters. Zu Hause hat er sich nicht unter Kontrolle. Mit zunehmendem Alkoholkonsum bekommt er auch in der Gemeinde Probleme. Diese jähzornigen Ausbrüche kann er sich selber nicht erklären. Zur Entschädigung für seine schlechte Laune lädt er die Kollegen zu einem Bier ein.

Im Altenheim ist er ein freundlicher Mann. Nur wenn er sich ungerecht behandelt fühlt oder eine Situation nicht versteht, wird er aggressiv. In seinem Ausweis steht Manfred Kröger, aber keiner nennt ihn so. Im Altenheim ist er der Manni.

Mit siebzig Jahren ist Manni körperlich noch fit. Es ist nur sein Kopf, der nicht mehr funktioniert. Doch das Flirten hat er noch nicht verlernt. Ständig wirft er vorbeigehenden Frauen Luftküsse zu. Vor ein paar Tagen hat er sich in Frau Förster verliebt. Frau Förster genießt Mannis Aufmerksamkeit, sie bewundert ihn, wie er im Sessel sitzt und alles im Griff zu haben scheint. Die Beine vornehm übereinandergeschlagen, spielt sie mit ihrer silbernen Kette und schaut in die Ferne, als denke sie nach. Als ehemalige Damenschneiderin legt Frau Förster Wert auf schöne Kleidung. Im Altenheim sucht das Personal die Garderobe aus. Sie leidet an der Alzheimer Krankheit, die häufigste Form der Demenz. Vereinzelte Wörter, die keinen Sinn ergeben, sprudeln aus ihrem Mund. Sie redet, hält inne als würde sie nachdenken, macht Pausen. Martha hört ihr zu, ohne den Sinn ihrer Sätze zu verstehen.

Mittags führt Manni Frau Förster an den gedeckten Tisch. Die warme Hand vermittelt ihr das Gefühl, noch in der Welt zu sein. Sie strahlt ihn an und geht ohne zu zögern mit ihm mit. Martha beobachtet die beiden, während sie einer Bewohnerin die Gabel mit einem Stück Fleisch darauf an den Mund führt. Inge und Manni sind mit ihrem Essen beschäftigt. Es kostet viel Konzentration, die Gabel zum Mund zu führen. Manchmal fällt ein Stück Kartoffel auf die Serviette oder zu Boden. Eine Unterhaltung findet nicht statt. Es gibt ohnehin nicht mehr viele Themen, denkt Martha. Sie kann sich nicht mehr vorstellen, mit einem Partner jeden Morgen am Frühstückstisch zu sitzen. Seit sieben Jahren frühstückt sie nur mit ihrer Tochter.

Manni ist in seinem Dorf ein angesehener Mann. Er spielt im Musikverein die Pauke, engagiert sich in der Politik, organisiert jedes Fest. Er feiert gerne und hat viele Freunde. Die Frauen liebt er besonders und sie lieben ihn. Nur wenige können seinem Charme widerstehen. Er bemüht sich so lange um eine Frau, bis er die Aufmerksamkeit ungeteilt für sich hat.

Dieses Spiel macht ihn glücklich. Die Frauen sind praktisch sein Hobby. Mit dreiundzwanzig Jahren lernt er seine Ehefrau kennen. Auf der Dorfkirmes schenkt er ihr einen Liebesapfel mit rotem Zuckerguss. Sie ist das hübscheste Mädchen im ganzen Dorf. Er ist unglaublich verliebt in sie, mit dieser Frau will er sein Leben verbringen. Nach einem Jahr feiern sie große Hochzeit, das ganze Dorf ist zu Gast. Anfangs führen sie eine glückliche Ehe, bis er immer häufiger unterwegs ist. Manni hat viele Ehrenämter, fast jeden Abend gibt es einen Grund, noch einmal kurz das Haus zu verlassen. Die Termine im Musikverein, das Gemeinschaftshaus. Wenn es Probleme gibt, Manni ist gleich vor Ort. Als die Kinder erwachsen sind, reicht seine Frau ohne Kommentar die Scheidung ein. Damit hat Manni nicht gerechnet.

Der älteste Sohn spricht am Telefon klare Worte: „Rufen Sie mich nur an, wenn er gestorben ist."

Martha notiert diese Aussage in der digitalen Akte. Manni redet nicht über seine Kinder. An seine Frau kann er sich nicht mehr erinnern. In seinem Kopf gibt es viele weiße Stellen. Jeden Morgen wirft er einen prüfenden Blick in den Spiegel, eine Strähne sitzt noch nicht richtig. Er schaut mehrmals auf seine Uhr, denn er möchte nicht zu spät zum Frühstück kommen.

„Um wieviel Uhr gibt es Kaffee?", fragt er Martha.

Den Morgen verbringt er in der Eingangshalle, er schaut den Leuten nach, die ein und aus gehen. Zur Mittagsruhe legt er sich auf's Bett. Abends schaut er Fernsehen. Er ist immer der letzte, der ins Bett geht.

„Wann muss ich morgen aufstehen?"

„Um acht Uhr", antwortet Martha jeden Abend. Manchmal sagt sie auch neun Uhr. Manni kann sich weder die alten Erinnerungen zurückrufen, noch neue Erfahrungen merken. Der regelmäßige Tagesablauf vermittelt ihm Sicherheit. Die Diagnose lautet Korsakow-Syndrom. Benannt nach dem russischen Facharzt für Psychiatrie, Sergej Korsakow. Er beschrieb zum ersten Mal, wie Alkohol die Nervenzellen zerstört und Vitamin B1-Mangel das Gehirn schädigt.

Herr Förster geht in den Aufenthaltsraum, Frau Förster schaut auf und lacht über das ganze Gesicht. In ihrem Körper verbreitet sich ein unbeschreiblich warmes Gefühl. Sie muss unbedingt zu dieser Person. Als Herr Förster seine Frau begrüßt, lässt Manni ihre Hand los und schaut Fernsehen. Herr und Frau Förster gehen im Garten spazieren, er streichelt über ihre Hände und erzählt, dass er gestern Rotkohl mit Kartoffelpüree gekocht hat. Das war ihr Lieblingsgericht. Seitdem er alleine wohnt, kocht er jeden Mittag. Inge wäre stolz auf ihn. Sie lächelt zufrieden

10 DIE SCHULD

Wetzel ist noch im Halbschlaf. Irgendjemand macht sich an seiner Magensonde zu schaffen. Er grummelt vor sich hin. Martha spritzt ein Medikament in die Magensonde, die in den Bauch führt. Morgens funktionieren Wetzels Stimmbänder nicht. Er ist hilflos und wartet, bis er wieder die Kontrolle über seinen Körper hat. Vormittags fühlt er sich an wie ein gefrorenes Stück Fleisch. Martha wechselt die nasse Unterhose.

„Helfen Sie doch ein wenig mit!"

Wetzel grummelt vor sich hin.

„Dann müssen Sie im Bett bleiben, bis ich Hilfe geholt habe", sagt Martha, „ich schaffe Sie nicht alleine."

Martha erträgt diesen süßlich-fauligen Geruch von Krankheit und Schlaf nicht mehr. Dieses furchtbare Chaos, der Mann, das Zimmer, alles ekelt sie an. Einen weiteren Tag kann sie ihn nicht pflegen. Morgen früh muss ein Kollege Herrn Wetzel übernehmen. Martha öffnet das Fenster, wirft eine Flasche um.

Gelbe Limonade läuft über den Fußboden. Martha flucht.

„Immer stehen diese Flaschen im Weg. Ich bin

es leid!"

Ein Regal ist überfüllt mit alten Ordnern, Fotos und Arztbriefen. Auf dem Tisch liegen Scheren, Batterien, leere Plastikbecher, benutzte Frühstücksmesser. Ein Sahnetörtchen vom Vortag klebt auf einem Blatt Papier. Leere Flaschen, Pantoffeln, Schuhe und Shorts liegen verstreut auf dem Boden. Die dunklen Flecken auf dem Laken sehen aus wie geschmolzene Schokolade. Kuchenreste verteilen sich in den Falten der Bettdecke. Martha fragt sich, ob es in Wetzels Kopf auch so chaotisch aussieht.

Wetzel schaut auf den Pin-Up Kalender an der Wand, während Martha vor sich hin schimpft. Das Novemberblatt zeigt eine nackte Frau auf einem weißen Ziegenfell. Ihr roter Mund leicht geöffnet, die Augen verführerisch auf den Betrachter gerichtet. Gegen Mittag ist die Steifheit in Wetzels Gliedern verschwunden. Seine Arme und Beine fuchteln unkontrolliert durch die Luft. Er greift nach seinem Rollator, verfehlt das Ziel. Nach dem dritten Anlauf schafft er ein paar Schritte zum Tisch.

„Martha, ich will dir ein paar Fotos zeigen", Wetzel kennt alle Namen des Personals. Martha hat die Fotos schon oft gesehen. Darunter sind Landschaftsfotos, Portraits und Aktfotos. Sie lobt seinen guten Blick, bei Fotowettbewerben gewann er oft den ersten Preis. Die Fotografie ist Wetzels Leidenschaft. Erotische

Fotos von jungen Mädchen sind sein Spezialgebiet, David Hamilton ist sein Vorbild. Wetzel fotografiert auch seine Tochter. Martha traut sich nicht nachzufragen. Sie hat die Tochter noch nie gesehen.

Einmal in der Woche kommt seine Frau zu Besuch. Sie bringt häufig Kuchen für das Personal mit. Die Wetzels trennen sich, als er eine Affäre mit einer sehr jungen Frau beginnt. Sie lassen sich trotzdem nicht scheiden. Seitdem Frau Wetzel mit einem neuen Partner zusammen ist, verstehen sie sich angeblich besser. Martha bemerkt davon nichts.

„Wenn er nackt auf dem Bett liegt, nur mit einer wattierten Einmalunterhose bekleidet, bin ich schon bedient. Aber was soll ich machen? Ich kann ihn doch nicht hängen lassen. Er hat ja sonst keinen."

Frau Wetzel hat sich dick gegessen, sie konnte seine Nähe schon lange nicht mehr ertragen.

Wetzel sitzt in seinem braunen Ledersessel, sein Oberkörper ist nach rechts geneigt, die Beine sind halb ausgestreckt, der ganze Körper scheint in Richtung Boden zu rutschen. Wenn er aufsteht, bleibt im Polster eine Vertiefung zurück, an den Armlehnen glänzt das abgewetzte Leder in einem schmutzigen Braun. Dieser alte Sessel ist das einzige Möbelstück, das er aus seiner Wohnung ins Altenheim brachte.

Wetzel arbeitet vierzig Jahre in der Stadtverwaltung. Er kann es kaum glauben, dass diese unglaublich lange Zeit schon vorüber ist. Mit ein paar Beförderungen verläuft alles in geregelten Bahnen. Die Arbeitskollegen beneiden ihn um seine gewonnene Freiheit. Nie wieder mit dem Wecker aufstehen, den ganzen Tag für sich haben. Doch Wetzel vermisst sein altes Leben. Er ist mit achtundsechzig Jahren einer der jüngsten Bewohner im Altenheim.

Kurze Zeit nach seiner Pensionierung beginnen seine Hände zu zittern. Er kann nicht mehr so gut riechen wie früher. Mit der Zeit wird das Zittern heftiger, er stolpert häufiger. Seine Frau überredet ihn, sich untersuchen zu lassen. Er wäre nicht zum Arzt gegangen. Als er den Arztbrief in den Händen hält, liest er ihn mehrmals, als könne er damit den Inhalt beeinflussen. Auf dem Papier steht Schwarz auf Weiß in klar umrissenen Buchstaben: Morbus Parkinson. An diesen Augenblick kann er sich noch genau erinnern.

„Martha, ich kann dir sagen, das war wie ein Schlag ins Gesicht für mich. Obwohl ich noch gar nicht wusste, was das bedeutet."

Jetzt hätte er Zeit, häufiger auf die Jagd zu gehen, zu verreisen, neue Leute kennen zu lernen. Einfach das Leben zu genießen.

Wetzel liegt wieder einmal nackt im Bett. Er schwitzt. Hitze steigt langsam vom Unterbauch in seinen Kopf. Eine Nebenwirkung der Medikamente, die er nimmt. Er liebt es auch, seinen Körper zu zeigen. Auf dem Fernsehbildschirm zieht eine Frau ihre Bluse aus, sie sitzt mit gespreizten Beinen auf einem Stuhl. Sie blickt lüstern in die Kamera. Vor ihr kniet ein Mann. Martha sucht die Fernbedienung unter einem Stapel Papiere und dreht die Lautstärke herunter. Sie legt die Schlaftablette direkt auf Wetzels Zunge.

„Willst du mit mir zusammen den Film schauen?"

„Den kenne ich schon."

Martha ist es egal, welche Filme er sieht. Soll er machen, was er will. Mit ihren blau gefärbten Haaren und der kräftigen Figur passt sie nicht in Wetzels Frauenbild. Wetzel hat Respekt vor Martha.

„Ich will so nicht mehr leben."

Diesen Satz hört Martha häufig von ihm. Sie weiß, am liebsten würde er in die Schweiz fahren. Sie legt ihm die Urinflasche zurecht.

„Ich habe meine Tochter verloren", sagt er.

Das ist das erste Mal, das er Martha von seiner Tochter erzählt.

Eine junge Praktikantin kommt aufgeregt ins Dienstzimmer. Wenn sie ihren Schulabschluss hat, möchte sie Altenpflegerin werden.

„Ich gehe da nicht mehr rein", sagt sie zu Martha.

Ihr Gesicht ist vor Aufregung gerötet.

„Wo gehst du nicht mehr rein?"

Es dauert eine Weile, bis die Praktikantin erzählen kann. Wetzel hat ihr seinen erigierten Penis auf dem Handy gezeigt. Martha stellt Wetzel zur Rede.

„Lassen Sie das mit den Fotos."

„Was ist denn schon dabei?"

„Behalten Sie ihre Fotos für sich."

„Das war doch nur ein Spaß. Die Kleine hat mich nur an alte Zeiten erinnert", sagt Wetzel beleidigt.

Wetzel lernt seine Ehefrau in jungen Jahren kennen, beide wohnen im gleichen Viertel. Ihre erste Schwangerschaft ist eine Fehlgeburt. Ein Jahr später kommt ihre Tochter zur Welt. Wetzel liebt sie abgöttisch, er kann nicht genug Fotos von ihr machen. Die Ehefrau legt die frische Wäsche in den Schrank. Martha kann nicht verstehen, warum sie ihm hilft.

Wetzel hat Probleme beim Wasserlassen. Der Arzt stellte Prostatakrebs fest.

„Die Strahlentherapie fängt morgen an. Ich hab' keine Wahl", sagt Wetzel mit verwaschener Stimme zu Martha, während sie sein Gesäß eincremt. Dieser Satz kommt so unverhofft. Martha weiß nicht, wie sie reagieren soll. Am liebsten würde sie ihm sagen, dass sein Leben doch zu Ende ist, warum diese überflüssige Therapie, die sein Leiden nur noch verlängert? Sie konzentriert sich auf den nassen Waschlappen, mit dem sie über seine Beine gleitet. Wetzels Verhalten erscheint ihr widersprüchlich. Aber sie kennt ja nur winzige Ausschnitte aus seinem Leben. Sie trocknet seine Beine mit einem Handtuch und hilft ihm vom Bett in den Sessel.

Die Ehefrau begleitet ihn zur Strahlentherapie. Martha fragt sich, ob ihr neuer Partner eifersüchtig auf Wetzel ist. Aber das geht sie nichts an. Martha räumt leere Flaschen in die Limonadenkiste und nimmt das klebrige Geschirr mit.

Trotz Strahlentherapie verschlechtert sich Wetzels Allgemeinzustand täglich. Von Sterbehilfe will er nichts mehr wissen. Er fühlt sich nicht fit genug, um sich mit seinem Tod zu beschäftigen. Seine Frau überreicht Martha die neuen Medikamente. Sie hofft auf ein baldiges Ende, vertraut sie Martha an. Auch Martha empfindet eine Erleichterung bei dem Gedanken, dass Wetzel bald sterben wird.

Wetzel muss ins Krankenhaus. Er möchte etwas sagen, aber es kommt nur ein Stöhnen aus seinem Mund. Zwei Pflegekräfte heben ihn auf die Tragbahre, seine Gliedmaßen sind so unbeweglich wie trockenes Unterholz im Wald. Wetzel wird aus dem

Zimmer getragen, Martha hebt Socken und Shorts vom Boden auf und streicht die Bettdecke mit beiden Händen glatt.

Die Ehefrau ruft nach einigen Wochen im Altenheim an. Sie möchte nur die notwendigen Papiere für die Beerdigung. Die restlichen Sachen sollen entsorgt werden. Martha wirft Fotos und Akten in einen Müllsack, die Kleidungsstücke packt sie in einen großen Koffer. Sie ist guter Dinge, als würde sie in den Urlaub fahren.

11 DAS EHEPAAR

Herr Jacobi ist auf der Suche nach einer Pflegerin. Er trippelt in seinem Rollstuhl durch den Gang. Vorsichtig setzt er einen Fuß vor den anderen, um den Rollstuhl nach vorne zu bewegen. Seine Beine sind dünn, nur noch ein Hauch von Muskulatur ist vorhanden. Trotz Physiotherapie kann er nicht mehr alleine gehen. Die Beine haben sich dem Rollstuhl angepasst, die Knie bleiben auch im Stehen gebeugt. Martha hört ihn von weitem rufen. Sie zieht gerade einem Bewohner die Hose herunter, um ihn mit einem Heber auf die Toilette zu setzen. Herr Jacobi beugt sich mit dem Oberkörper leicht nach vorne, um ins Zimmer zu schauen. Martha ist im Bad.

„Könnten Sie mal nach meiner Frau schauen? Sie kennen das ja schon, meistens hat sie nichts, aber vielleicht könnten Sie doch mal kommen", sagt Herr Jacobi in seinem höflichen Ton.

„Ich komme gleich", ruft Martha.

Sie greift dem Bewohner unter die Arme und wischt mit Toilettenpapier den restlichen Stuhlgang ab.

Frau Jacobi liegt im Bett, mit einer Hand zeigt sie auf

den Rücken.

„Ich habe solche Schmerzen."

„Wo genau?"

„Da unten, am Steißbein."

„Ist der Schmerz hier?" Martha massiert die Salbe in die Haut.

„Ja genau da." Frau Jacobi stöhnt laut auf.

„Wissen Sie, von diesem Idioten hab' ich fünf Kinder bekommen. Kein Wunder, dass ich Rückenschmerzen habe."

Sie verdreht die Augen.

„Wo haben Sie sich kennen gelernt?", fragt Martha.

„Das weiß ich nicht mehr."

„Er war doch bestimmt ein toller Mann." –

„Das kann sein, aber das ist lange her," sagt Frau Jacobi resigniert.

„Ihr Mann hat Hilfe geholt, weil sie Schmerzen haben."

„Ach ja? Hätte ich ihm gar nicht zugetraut."

Wenn junge Pflegerinnen den Blutzucker ihres Mannes messen, steigt die Eifersucht in Frau Jacobi hoch. Dieses Gefühl kann sie nicht mehr einordnen, sie weiß nur, es ist sehr unangenehm.

„Schon wieder picken? Könnt ihr jungen Dinger nicht mal jemand anderen picken?"

Sie will diese jungen Frauen nicht mehr in seiner Nähe sehen.

„Schauen Sie meinen Mann ruhig an! Er läuft jedem Rock hinterher", sagt sie der Pflegerin, die sich ihrem Mann zuwendet.

Sie erträgt es nicht, wenn er mit dem Pflegepersonal spricht. Sie lässt ihn nicht aus den Augen. Am liebsten würde sie gar nicht mehr mit ihm im Restaurant essen.

Das Ehepaar Jacobi lebt seit zwei Monaten im Heim in einer Suite. Sie haben einen Wohnbereich und ein Schlafzimmer. Die Betten stehen nebeneinander, nur durch eine schmale Lücke getrennt.

Vor sechs Jahren hat sich Herr Jacobi von seiner Geliebten getrennt. Frau Jacobi nimmt ihren Mann wieder bei sich auf. Er leidet unter den Folgen eines leichten Schlaganfalls. Er ist dankbar, dass er nicht alleine ist und sie ist glücklich, ihn wieder in ihrer Nähe zu haben. Sie verstehen sich gut, es ist fast wie früher, als sie sich kennen lernten. Die Verliebtheit von damals verwandelt sich in eine tiefe Zuneigung füreinander. Sie zerteilt das Essen in mundgerechte Stücke und führt den Haushalt. Sein linker Arm ist noch leicht gelähmt. Sie schlafen in getrennten Zimmern.

Allmählich vergisst Frau Jacobi das Fenster zu schließen, die Kaffeemaschine auszustellen, manchmal vergisst sie auch, dass sie schon gefrühstückt hat. So gibt es häufig Streit zwischen den beiden. Eines Morgens findet die Tochter den Vater in Jogginghose und Unterhemd im Geräteschuppen. Er zittert am ganzen Leib. Er hat die Nacht dort verbringen müssen, weil er keinen Schlüssel hat und seine Frau die Klingel nicht hört. Sie sitzt am Küchentisch und trinkt ihren Kaffee ohne ihren Ehemann zu vermissen. Nach diesem Vorfall entscheiden die Kinder, dass es so nicht weitergehen kann.

Frau Jacobi lässt keine Hilfe beim Duschen zu. Das geht schon seit Tagen so.

„Warum soll ich meinen Rücken waschen? Da liege ich doch drauf."

Martha hat keine Chance, ihr bei der morgendlichen Toilette zu helfen.

„Frau Jacobi, Sie riechen etwas streng. Wollen Sie nicht einmal kurz unter die Dusche springen?"

„Ich kann mich mit Parfüm einsprühen, wenn es die Leute stört. Ich dusche mich auf jeden Fall nicht."

„Das ist eine klare Antwort."

Frau Jacobi zieht eine Duftwolke von abgestandenem Schweiß nach sich, die Leute im Restaurant beschweren sich schon. Eine Lösung muss her. Der Fall wird im Team besprochen. In diesem Zustand können die beiden nicht mehr ins Restaurant. Das ist eine Zumutung für die anderen Bewohner. Martha schlägt vor, das

Herr und Frau Jacobi an einem gesonderten Tisch im Wohnbereich essen. Als Martha die Entscheidung mitteilt, lächelt Frau Jacobi zufrieden.

Sie hat ihr Ziel erreicht.

Das Ehepaar Jacobi ist ein eingespieltes Team. Sogar im Streit weiß jeder, was er zu sagen hat. Wenn Martha die beiden sieht, ist sie wieder zufrieden, keinen Partner zu haben. Frau Jacobi beschimpft ihren Mann mit der gleichen Energie, wie sie um ihn kämpft.

„Geben Sie mir die weiße Pille! Mein Mann hat Kopfschmerzen."

Frau Jacobi fragt schon zum dritten Mal. Martha kann ihr nur eine Pille am Tag geben.

„Komm, wir gehen nach Hause. Das bringt hier nichts."

Wütend nimmt sie ihre Handtasche unter den Arm und schiebt ihren Mann im Rollstuhl den Gang entlang.

Herr Jacobi nimmt täglich ab, seine Hosen rutschen bis zu den Knien. Das Schlucken ist sehr schmerzhaft. Er isst nur noch Haferbrei und kalten Joghurt. Frau Jacobi fragt nach einer Tablette gegen die furchtbaren Halsschmerzen.

„Warum hilft ihm denn keiner?"

Martha würde am liebsten die Wahrheit sagen, dass ihm keiner mehr helfen kann. Stattdessen erklärt sie, dass ihr Mann krank ist. Er bekommt Medikamente.

Der Arzt hat Kehlkopfkrebs diagnostiziert. Frau Jacobi ist überzeugt, wenn ihr Mann diese große weiße Pille schluckt, wird er wieder gesund werden. Das hat früher auch immer geholfen.

Herr Jacobi isst nicht mehr. Sein Körper wird von Tag zu Tag schwächer. Im Krankenhaus bekommt er eine Magensonde zur künstlichen Ernährung. Nach zwei Tagen stirbt Herr Jacobi in der Klinik. Frau Jacobi versteht die Welt nicht mehr. Ihr Mann ist tot. Der Mensch, mit dem sie so viele Höhen und Tiefen durchlebte, ist nicht mehr da. Tagelang liegt sie auf ihrem Bett und starrt an die Decke. Sie hat weder Hunger noch will sie reden. Sie verlässt ihr Zimmer nicht. Martha stellt ein Tablett mit Kaffee und Croissants auf ihren Tisch.

„Wo treibt mein Mann sich wieder rum?", sagt Frau Jacobi, „der ist doch wieder bei so'nem jungen Ding?"

„Er ist letzten Monat gestorben", sagt Martha.

„Wie bitte? Warum sagt mir das denn keiner?"

12 DIE AUFLEHNUNG

„Sie hat mich schon wieder überlistet." Martha schimpft vor sich hin. Sie presst ihre Lippen zusammen und atmet durch die Nase aus. In der Schublade liegen mindestens fünfundzwanzig Pillen in allen Farben. Das Medikamentensortiment von zwei Tagen. Jeden Morgen führt Martha die gleiche Diskussion. Frau Kellerbach weigert sich, die bunten „Smarties", wie sie ihre Medikamente nennt, zu schlucken. Sie erhält morgens zehn Pillen, mittags eine und abends drei. Zur Nacht sind es vier Tabletten.

Die weiße herzförmige Pille verlangsamt den Herzschlag, die längliche mit einer Vertiefung in der Mitte wirkt gegen Depressionen, Angststörungen und sozialen Phobien, die rosafarbene Pille erweitert die Blutgefäße und senkt damit den Blutdruck, die große rotbraune Pille wirkt sich günstig auf den Fettstoffwechsel aus und hemmt die Glucoseproduktion. Hinzu kommen noch Vitamin B12 und Folsäure für ein gutes Zellwachstum und Magnesium. Das weiße Pulver gegen Verstopfung löst Martha in einem Wasserglas auf.

Martha hilft Frau Kellerbach vom Bett in den Rollstuhl. Damit fährt sie zum Tisch und wartet auf ihr Frühstück. Zehn Pillen soll sie zum Frühstück nehmen. Martha reicht ihr eine weiße Pille, die das Wasser aus dem Körper ausschwemmt und das Herz entlastet.

„Ist das die Pille, wo ich dauernd pissen muss? Die nehme ich nicht."

Frau Kellerbach nimmt die Tablette zwischen Zeigefinger und Daumen und schleudert sie über den Tisch – sie landet auf dem Boden als kleiner weißer Punkt.

„Frau Kellerbach, ich habe noch die dicke Pille für Sie."

„Die schluck ich nicht."

Frau Kellerbach nimmt die Tablette entgegen und steckt sie in ihre Hosentasche.

„Eine Tablette kostet 30 Euro. Zu teuer, um in der Hosentasche zu landen."

„Das ist mir egal."

Wegen der vielen Schmerzmittel, die sie über Jahre nahm, hat sie einen Leberschaden. Diese große Pille zur Regeneration der Leber ist weder teilbar noch auflösbar. Martha gibt auf. Sie geht zum nächsten Bewohner. Frau Kellerbach fährt mit ihrem Rollstuhl schlecht gelaunt umher.

Frau Kellerbach liegt im Bett und ruft nach Martha. Sie will die blaue Pille. Martha bringt ihr das Morphium, das in einem verschlossenen Schrank aufbewahrt wird. Frau Kellerbach schluckt die Tablette ohne zu klagen. Nach ihrer Meinung hilft nur dieses Medikament, denn nach der Einnahme fühlt sie sich für einen kurzen Moment besser. Manchmal kann sie gar nicht sagen, wo sie Schmerzen hat. Ihr Körper ist ein einziger Schmerz. Sie leidet unter Depressionen, Diabetes, Bluthochdruck und Arthrose. In ihrer digitalen Akte steht, dass sie gerne in Gesellschaft Alkohol trank.

Nach der Scheidung trinkt sie auch ohne Gesellschaft. Nach dem Entzug sind es die Schmerzmedikamente, die sie abhängig machen.

Am Abend bekommt Frau Kellerbach Tabletten zur Senkung des Blutdrucks. Die fleischfarbene Pille senkt den Cholesterinspiegel. Zur Nacht nimmt Frau Kellerbach zwei Schlafmittel, ein Beruhigungsmittel und noch ein Schmerzmittel. Die Medikamente versetzen sie in einen hypnotischen, traumlosen Schlaf. Am Morgen fühlt sie sich niedergeschlagen und antriebslos. Am liebsten legt sie sich nach dem Frühstück wieder ins Bett bis zum Mittagessen. Sie starrt an die Decke oder liest in einer Frauenzeitschrift die Lebensbeichten von Prominenten. In ihrem Rollstuhl fährt sie zur Toilette. Ohne Erfolg. Der Bauch ist angespannt, der Stuhlgang lässt auf sich warten.

Wenn sie Besuch bekommt, braucht sie eine Beruhigungspille. Mal kommt die Enkelin, mal der Sohn mit seiner Frau. Sie hat guten Kontakt zu ihren Kindern. Sie erzählt ihnen, wie schwer das Leben ist. Sie hat Angst vor dem Sterben. Was – wenn sie in die Hölle kommt? Martha sagt darauf nichts.

Wenn der junge Pfleger Max ihr beim Waschen hilft, fühlt sie sich lebendig. Sein Gesicht mit dem blonden Kurzhaarschnitt löst eine unbestimmte Heiterkeit in ihr aus. Max erinnert sie an ihren Enkelsohn, an ihre Jugend, an bessere Zeiten. Wenn sie jünger wäre, würde sie mit ihm ausgehen.

13 DIE ABHÄNGIGKEIT

Martha lässt warmes Wasser in die Waschschüssel laufen.

„Guten Morgen, Eva. Hast du gut geschlafen?"

Martha schlägt die Bettdecke zurück, ohne eine Antwort zu erwarten. Eva Gerdes sprach ihr letztes Wort vor zwanzig Jahren. Das Personal nennt sie Eva. Sie gehört zu den Bewohnern, die am längsten im Haus wohnen. Aus Evas Mund kommen unkontrollierte Geräusche, die den Weg nach außen suchen. Martha weist eine neue Kollegin in die Morgenpflege für Eva ein. Lara ist geschickt, zu zweit ziehen sie Eva das Nachthemd über den Kopf. Evas Gesicht verfärbt sich dunkelrot. Evas Arme sind bis zum Kinn angewinkelt, sie kann sie nicht mehr gestreckt neben ihren Körper legen. Selbst starke Schmerzmittel entspannen sie nicht immer.

Eva stößt einen Schrei aus, der durch den ganzen Flur hallt. Martha zeigt Lara, wie sie Evas Körper langsam zur Seite drehen kann, ohne Verspannungen. Lara streicht mit dem Waschlappen über Evas Rücken und erzählt von einem Mann, den sie auf einer Party traf. Sie unterbricht sich selbst.

„Ist das nicht furchtbar, so zu liegen?"

Lara verzieht das Gesicht.

„Sie hat schon wieder Stuhlgang."

Martha sagt nichts. Vielleicht versteht Eva ja doch.

Evas Tag beginnt mit der Körperpflege. Dann vom Bett in den Rollstuhl, Frühstück, schlafen, Mittagessen, vom Rollstuhl ins Bett, Unterhose wechseln, schlafen, Abendessen im Bett, Unterhose wechseln, schlafen. Die Zeit bleibt stehen, trotzdem vergehen die Tage. Die Mahlzeiten sind eine willkommene Abwechslung für Eva. Genüsslich kaut sie an ihrem Croissant. Sie nimmt, was ihr angeboten wird. Martha schaut auf die Uhr. Vielleicht hat sie keinen Hunger mehr? An manchen Tagen fehlt nicht nur die Zeit, sondern auch die Geduld. Mal bekommt sie morgens Kaffee mit Milch, an anderen Tagen Kaffee ohne Milch. Je nachdem, wer gerade arbeitet. Martha sieht es an Evas Augen, dass sie Kartoffelpüree mit Erbsenbrei mag. Sie liebt süße Nachspeisen. Eine Pflegerin glaubt das nicht, deshalb bekommt Eva von ihr keinen Nachtisch. Nach dem Mittagessen liegt Eva im Bett, das Radio spielt deutsche Schlager. Martha weiß nicht, ob Eva lieber Pop oder Klassik hört. Zweimal in der Woche kommt eine Physiotherapeutin, um ihre Gelenke zu bewegen. Am Abend erhält Eva eine Infusion, sie hat nicht genügend getrunken. Nachts schauen ihre weit aufgerissenen Augen in die Dunkelheit. Der Körper funktioniert, letzten Monat wurde sie fünfzig Jahre alt.

Vor zwanzig Jahren ist Frau Gerdes einfach umgefallen. Sie liegt auf dem Küchenboden, als ihre Kinder aus der Schule kommen. Ihr Kopf ist zur Seite gedreht, in der rechten Hand hält sie ein Messer. Die Kartoffelschalen liegen im Waschbecken. Auf dem Boden sind Glassplitter wie feine Kristalle verteilt. Sie wird als Notfall in die Klinik eingewiesen. Die Ärzte stellen eine Hirnblutung fest. Seitdem verbringt sie die meiste Zeit im Bett. Anfangs erkennt sie noch einzelne Personen. Wenn sie Besuch bekommt, flackern ihre Augen hin und her. Sie kann keinen Satz formulieren. Keiner versteht, was sie sagen möchte. Ihre Kinder sind mittlerweile erwachsen, der Mann ist neu verheiratet. Sie sind schon lange nicht mehr zu Besuch gekommen.

Martha schaut sich die Grundschulzeichnungen der Kinder an. Sie hängen seit zwanzig Jahren an der Wand.

Eva hat eine Lungenentzündung. Sie atmet schwer, das Fieber steigt auf vierzig Grad. Ihre Augen sehen ängstlich aus, als wolle sie fragen, „Was geschieht mit mir?" Martha wickelt kühle Umschläge um die

Beine. Das Fieber will nicht sinken. Dann ruft sie doch eine Ambulanz. In der Klinik verordnet der Arzt Antibiotika und Sauerstoff, Eva geht es wieder besser. Der Exmann und die Kinder sind mit einer künstlichen Ernährung einverstanden. Eva verschluckt sich in letzter Zeit sehr oft. Die Magensonde verursacht einen Abszess im Bauch, sie bleibt in der Klinik. Eine zweite Magensonde wird gelegt.

Eva ist zurück in ihrem Zuhause, im Altenheim. Martha hängt einen Beutel mit kalorienreicher Nahrung an die Sonde. Die Kinder möchten alle medizinischen Maßnahmen ausschöpfen. Auch im Fall eines Atemstillstands soll Eva wiederbelebt werden. Frau Gerdes wird weiterleben. Die Kinder möchten nicht schuld sein am Tod ihrer Mutter.

14 DAS HOTEL

„Fräulein, bringen Sie mir bitte von diesem braunen Wasser."

„Herr Kühne, ich komme gleich zu Ihnen", ruft Martha im Vorbeigehen.

„Ist denn hier keine Bedienung?"

Ungeduldig rutscht Herr Kühne auf seinem Sessel hin und her.

„Hallo! Fräulein! Kommt denn keiner?"

Früher haben die Leute seine Befehle sofort befolgt. Er will jetzt etwas zu trinken und nicht später. Die Angst, dass keiner kommt, ist groß.

„Hier ist ihre Cola."

Martha stellt die Flasche auf einen Beistelltisch. Er bedankt sich bei Martha und fragt nach der Rechnung.

„Herr Kühne, bei uns ist alles inklusive. Sie sind in einem Altenheim."

„Lügen Sie mich nicht an!", ruft er.

Herr Kühne kommt selten zum Frühstück. Die vorgeschriebenen Uhrzeiten zum Essen interessieren ihn nicht. Er nimmt sich ein Marmeladenbrot oder ein Croissant, wenn er Hunger verspürt und beschwert sich, dass er nichts zu essen bekommt. Nachmittags sitzt er im Sessel und wartet auf die Bedienung.

Herr Kühne ist beruflich viel unterwegs, die Hotels sind sein zweites Zuhause. Als Geschäftsführer einer großen Autofirma legt Herr Kühne großen Wert auf sein Aussehen.

Jetzt gleicht seine Gesichtsfarbe einer grauen Betonwand. Der unrasierte Bart und die rotunterlaufenen Augen erinnern Martha an einen Schauspieler aus einem Draculafilm. Die Lebensgefährtin kommt nur noch selten zu Besuch. Er erkennt sie schon lange nicht mehr.

Kurz vor Dienstende hört Martha auf dem Gang ein schwaches Rufen. Sie geht durch alle Zimmer, bis sie Herrn Kühne auf dem Badezimmerboden liegen sieht.

„Es ist so kalt! Warum kommt denn keiner? Helfen Sie mir doch!"

Er zittert am ganzen Leib. Den Klingelknopf an seinem Handgelenk hat Herr Kühne nicht gefunden. Martha ruft einen Kollegen, zu zweit heben sie den großen schlanken Mann in den Rollstuhl.

„Scheiße!", flucht Martha.

Sie muss ihre Tochter pünktlich von der Schule abholen. Das Badezimmer sieht aus wie eine Szene aus einem Horrorfilm. Die Wände, der Boden, das Waschbecken, der Wäschesack, Herr Kühne, alles ist mit Blut befleckt. Martha entfernt mit einem nassen Waschlappen das getrocknete Blut auf seiner Wange. Sein linkes Auge ist geschwollen, die Beine sind eiskalt. Martha entdeckt eine kleine Schnittwunde an der linken Wade.

„Es sieht dramatischer aus, als es ist", sagt sie zum Kollegen. Aufgrund der Medikamente fließt das dünne Blut in kleinen Bächen.

„Ich bin aus dem Auto gefallen. Passiert das öfter?", sagt Herr Kühne.

„Das passiert manchmal", sagt Martha.

„Dann bin ich beruhigt."

Martha schrubbt das Blut vom Boden, das rotgefärbte Wasser verschwindet im Abfluss. Sie sagt nichts. Am liebsten würde sie ihm den Waschlappen um die Ohren hauen. Wegen Herrn Kühne muss ihre Tochter in der Schule auf sie warten.

„Wissen sie eigentlich wie alt ich bin?"

„Nein, wie alt sind Sie denn?" fragt Martha. – Sie kennt die Antwort seit Jahren.

„Ich bin dreiundachtzig Jahre alt. Können Sie sich das vorstellen? So ein alter Mann bin ich!"

„So alt sind sie schon? Sie sehen aber jünger aus."

Herr Kühne klammert sich an Martha. Der Kollege stützt den rechten Arm. Gemeinsam heben sie ihn ins

Bett.

„So, das hätten wir geschafft. Brauchen Sie sonst noch was?", fragt Martha.

„Bitte ziehen Sie die Gardinen zu, bevor Sie gehen."

15 DIE DIPLOMATIN

„Guten Tag Frau Yilmaz. Ich heiße Martha. Wollen Sie aufstehen?"

Frau Yilmaz ist eine neue Bewohnerin.

„Martha, was für ein schöner Name!"

Frau Yilmaz erzählt sofort, dass sie keine normale Migrantin ist. Sie möchte nicht mit dem ganzen Heer von türkischen Arbeitern aus Anatolien, die in den 60er Jahren nach Deutschland kamen, verglichen werden. Sie ist anders, weil sie aus Istanbul kommt.

„Ich war Dolmetscherin und habe für die deutsche Botschaft gearbeitet! Deutschunterricht habe ich auch gegeben."

„Das ist ja interessant."

Martha schaut sie mit einem bewundernden Blick an, während sie den Rollstuhl in Position stellt. Frau Yilmaz freut sich, aus ihrem Leben erzählen zu dürfen. Nach ihrer Meinung gehört sie gar nicht ins Altenheim. Diese unansehnlichen Alten, die nicht mehr wissen wo sie sind, die sich das Hemd beim Essen bekleckern und mit stinkenden Unterhosen herumlaufen, mit denen möchte sie nichts zu tun haben. Sie streicht mit ihren rot lackierten Fingernägeln das

Bettlaken glatt. An der Wand hängt ein Foto, auf dem sie mit dem Deutschen Botschafter in Istanbul zu sehen ist. Sie trägt ein Kostüm aus lindgrünem Damast, die schwarzen Haare sind hochtoupiert, die Lippen strahlen in einem dunklen Rot. Das Bild ist in den 70er Jahren aufgenommen worden. Beruflicher Erfolg spielt im Altenheim keine Rolle mehr.

Der Anblick ihres gelblich trüben Urins ist Frau Yilmaz peinlich. Deshalb steckt sie den Urinbeutel in eine bunte Einkaufstasche, die mit weißen Gänseblümchen auf gelbem Grund bedruckt ist. Der Urin von Frau Yilmaz fließt seit zwölf Jahren in den Beutel. Ein Silikonkatheter liegt genau nach ihren Angaben in der gewünschten Position. Auf dem Oberschenkel dürfen keine Abdrücke entstehen.

Frau Yilmaz schläft jede Nacht im Sitzen. Das Bettlaken darf nur bis zu den Oberschenkeln reichen. Ihre Beine schmerzen bei jeder Bewegung.

„Die Decke noch etwas mehr in den Rücken. Nein nicht so! Etwas mehr nach links", befiehlt Frau Yilmaz. Das Kopfteil des Bettes steht fast senkrecht. Links eine Decke, rechts ein Kissen, um den korpulenten Körper abzustützen. Vom Bett auf den Toilettenstuhl zu gelangen, das erfordert nicht nur Kraft, sondern auch logistisches Denkvermögen. Bevor Frau Yilmaz aufsteht, muss Martha den Gehbock in die richtige Stellung bringen. Der Stuhl steht am Fußende des Bettes.

„Nein, nicht so, etwas mehr nach hinten."

Frau Yilmaz kommt aus einer Gesellschaftsschicht, in der Befehle zu erteilen zum Alltag gehört. Geradezu notwendig, um das eigene Selbstbewusstsein zu stärken. Martha folgt ihren Anweisungen. Zuerst die Pantoffeln, dann die Beine aus dem Bett, den Oberkörper leicht nach vorne beugen, der Gehbock steht parat. Frau Yilmaz' schwerfällige Bewegungen verlangen Martha außerordentlich viel Geduld ab. Sie müsste schon ein Zimmer weiter sein.

„Ich brauche mein Marmeladenbrot pünktlich um acht Uhr, sonst sinkt mein Blutzucker in den Keller," sagt Frau Yilmaz,

„und sie müssen mir vorher die Blutzuckerwerte messen und Insulin spritzen."

Martha verdreht die Augen, schafft es gerade noch freundlich zu bleiben. Die Uhr zeigt schon halb neun.

Frau Yilmaz wird von Kindermädchen erzogen. Eine Köchin und eine Putzfrau erledigen den Haushalt. Frau Yilmaz' Mutter richtet Empfänge aus. Der Vater ist ein Geschäftsmann mit internationalen Kontakten. Sie leben in einer Villa am Bosporus. Frau Yilmaz heiratet einen gutaussehenden Mann mit einer vielversprechenden Zukunft. Sie konnte keine Kinder bekommen. Nach der Scheidung vermittelt der Vater ihr eine Arbeit in der Deutschen Botschaft. Nach fünfzehn Jahren geht sie mit ihrem zweiten Mann nach Deutschland. Frau Yilmaz ist nie zufrieden. Sie kann sich das selbst nicht erklären. Weder neue Kleider, noch berauschende Partys können ihre Unzufriedenheit lindern.

Seitdem ihr zweiter Mann verstorben ist, sind es die Krankheiten, die das Leben von Frau Yilmaz ausfüllen. Mit ihrem Körper kennt sie sich aus. Selbst ein Arzt ist ratlos, wenn sie argumentiert, warum ihre Krankheiten nicht behandelt werden können.

Diagnosen wie Diabetes, Übergewicht, Herzinsuffizienz, Darmreizungen, Lipödeme und eine ständige Atemnot sind nur eine Auswahl von vielen anderen Problemen. Wenn der Hausarzt sagt, sie müsse sich mehr bewegen und dürfe nicht soviel Süßes essen, hat sie ein einleuchtendes Argument, warum das keinen Sinn ergibt. Ein Medikament, das ihren Darm schützen würde, verträgt sie nicht. Das Leiden ist zum Lebenselixier geworden. Nur so fühlt sie sich lebendig.

Jeden Morgen wird Frau Yilmaz vom Personal im Rollstuhl auf die Terrasse geschoben. Sie schaut in den grauen Himmel, nimmt einen tiefen Zug an ihrer Zigarette. Das Rauchen beruhigt sie. Die Zigaretten teilen den langen Tag in kleine Abschnitte, so wie das Marmeladenbrot um acht, das Mittagessen um zwölf und das Abendessen um achtzehn Uhr.

Frau Yilmaz muss nie kochen. Als sie in der deutschen Botschaft arbeitet, geht sie in der Mittagspause mit ihren Kollegen essen. Sie unterhalten sich über belanglose Themen. Zum Feierabend trinkt sie ein Glas Sekt und raucht eine Zigarette. Das knisternde Geräusch des brennenden Tabaks entspannt ihren Kopf. Ihre Arbeit ist nicht besonders aufregend. Sie ist für Ausreiseangelegenheiten zuständig und übersetzt deutsche Texte in die türkische Sprache. Mit ihrem zweiten Mann reist sie um die Welt.

„Es war ein gutes Leben", sagt sie.

Mit ein wenig Bewegung und besserer Ernährung könnte sie den Blutzucker in den Griff bekommen, sagen die Ärzte. Sie schafft es nicht, gesünder zu leben. Sie will es auch nicht.

Jeden Abend kämpft Frau Yilmaz mit ihrer Atmung. Ihr Brustkorb hebt und senkt sich, begleitet von rasselnden Atemgeräuschen. Sie ringt nach Luft. Die letzte Zigarette ist geraucht, nun braucht sie ein Spray um ihre Atemnot zu lindern. Die eingeatmete Luft kann sie nicht mehr vollständig ausatmen. Sie fühlt sich wie ein aufgeblasener Ballon. Die Bronchien produzieren gelblichen Schleim. Neben der chronischen Bronchitis, die sie schon seit Jahren quält, haben die Ärzte vor einigen Monaten einen Tumor in der Lunge festgestellt. Für sie ist es nur ein Raucherhusten.

„Ich brauche Sauerstoff", sagt Frau Yilmaz.

„Es liegt keine Anweisung vom Arzt vor", sagt Martha.

„Dann möchte ich sofort einen Arzt sprechen."

„Aber die Praxis ist geschlossen."

„Dann rufen Sie den Notarzt!"

„Das ist kein Notfall. Warten Sie bis morgen, dann klären wir das."

„Messen Sie mir sofort den Sauerstoffgehalt", sagt Frau Yilmaz.

Martha folgt ihren Anweisungen und legt den Zeigefinger von Frau Yilmaz in das viereckige Messgerät. Die digitale Anzeige zeigt in blauen Zahlen achtundachtzig Prozent.

„Sehen Sie, der Sauerstoffgehalt ist viel zu niedrig," sagt Frau Yilmaz mit einem zufriedenen Lächeln. Der Normalwert liegt bei gesunden Menschen zwischen dreiundneunzig und neunundneunzig Prozent. Sie kennt sich mit den Messwerten aus.

Mit Beginn der Wechseljahre hat sich das Unterhautfettgewebe in ihrem Körper übermäßig vermehrt. Lipödeme lassen sich nicht behandeln, sie sind außerdem sehr schmerzhaft. Ein Schmerz in den Beinen, als würden sie platzen, sorgt für schlaflose Nächte. Kompressionsstrümpfe und Wassersport können eine Linderung herbeiführen. Aber Kompressionsstrümpfe erträgt sie nicht und Spaziergänge sind schon lange nicht mehr möglich. Wassersport kommt gar nicht in Frage. Frau Yilmaz sitzt im Rollstuhl, die Schmerztabletten schädigen Leber und Nieren. Abends spritzt Martha die notwendigen Einheiten Insulin. Danach gönnt sich Frau Yilmaz ein Glas Cola und eine Tüte Chips. Das sei eine schlechte Angewohnheit, seitdem sie kein Sekt mehr trinke, sagt sie.

Der Hausarzt begrüßt Frau Yilmaz mit einem Handschlag.

„Wie geht es Ihnen?"

Sie klagt ihr Leid, die Zimmertür steht offen, der Hausarzt eilt Martha hinterher.

„Wie alt ist sie? Sechsundachtzig Jahre? Geben sie ihr Sauerstoff. Auf den Intensivstationen brauchen wir die Betten für Covid-19 Erkrankte."

Frau Yilmaz hat Angst. Vielleicht stirbt sie ja doch? Martha steckt ihr eine Sauerstoffsonde in die Nase. Die innere Angespanntheit löst sich auf. Das

Brummen des Sauerstoffgerätes gibt ihr Sicherheit. Aber die Werte sind trotzdem niedrig.

„Sie werden sehen, der Sauerstoff wird Ihnen helfen," sagt Martha, während sie den Puls misst. Martha glaubt selbst nicht an eine Besserung. Der Puls schlägt in einem sehr langsamen Rhythmus. Als führe ein Zug mit angezogener Handbremse in einen Bahnhof ein.

Das Sauerstoffgerät brummt Tag und Nacht, im Kopf geht Frau Yilmaz den Ablauf ihrer Beerdigung durch. Es wird eine klassische Erdbestattung auf einem Friedhof sein. Sie möchte auf keinen Fall verbrannt werden. Die Abschiedsrede hat sie mit dem Pastor besprochen, sie ist eine gläubige Christin. Sie stellt sich vor, wie sie im Sarg liegt, die Hände zusammen gefaltet, mit einem gelben Gesicht und eingefallenen Wangen. Ihr gefällt diese Dramaturgie. Sie fragt sich, wer an ihrem Sarg stehen wird. Ihre Freunde besuchen sie schon lange nicht mehr. Man hat sich aus den Augen verloren. Jeder ist mit seiner eigenen kleinen Welt beschäftigt oder schon gestorben.

Frau Yilmaz raucht keine Zigarette mehr, das Marmeladenbrot am Morgen ist ihr nicht mehr wichtig. Sie schläft. Ihr Puls wird langsamer, der Herzschlag ist kaum noch zu hören. Die Pausen zwischen den At-

emzügen werden länger. An einem sonnigen Nach-
mittag stößt sie einen Seufzer aus. Die restliche Luft
presst sich durch die Kehle nach oben.

Martha öffnet die Zimmertür und sieht die leblose
Frau sitzend im Bett. Der Kopf hängt leicht nach
unten, die Kissen stützen ihren toten Körper. Sie
sieht aus wie eine Marionette, deren Puppenspieler
die dünnen Fäden abgeschnitten hat. Martha stellt
das Bett flach und ruft einen Arzt. Nach einer halben
Stunde steht der Bereitschaftsarzt am Bett von Frau
Yilmaz. Er untersucht mit einem Stethoskop die
Herztöne. Kein Herzschlag zu hören.

„Hatte sie einen Herzschrittmacher?", fragt der
Arzt. Auf dem Totenschein steht: gestorben um
sechzehn Uhr, Todesursache: Herzversagen. Das
durchgeschwitzte Nachthemd klebt am Körper. Das
weiße Kleid, das sie für diesen Tag ausgesucht hat,
bleibt im Kleiderschrank. Martha und ihre Kollegin
legen den Leichnam in einen weißen Plastiksack, der
mit einem durchgehenden Reißverschluss versehen
ist. Darauf legen sie das gelbe Schild mit dem Warn-
hinweis „Infektiös". Man weiß ja nie. Die Schutz-
maßnahmen gegen die Verbreitung von Covid-19
sind streng. Der Leichnam wird innerhalb von vier-
undzwanzig Stunden verbrannt. Niemand steht zum
Abschied an ihrem Sarg, die kirchliche Messe mit der

vorbereiteten Rede fällt aus. Nachdem alles erledigt ist, machen Martha und ihre Kollegin eine Pause. Martha zündet sich eine Zigarette an.

„Sie ist tot", sagt Martha, „ich bin erleichtert".

EPILOG

Frische Brötchen stehen auf dem Tisch, es duftet nach Kaffee. Im Restaurant hat jeder Bewohner seinen festen Sitzplatz. Einige werden vom Personal mit dem Rollstuhl an ihren Platz geschoben, andere kommen mit ihrem Rollator. Frau Kellerbach begrüßt ihre Nachbarin, Frau Ries.

„Ich hab' total schlecht geschlafen. Ständig dieses Rufen aus dem Nachbarzimmer. Diese Frau raubt mir noch den letzten Nerv. Ich glaub', sie verlangt nach ihrer Mutter."

„Ich musste mehrmals zur Toilette", sagt Frau Ries.

„Die mit der roten Bluse da hinten am Tisch, die ist nicht mehr ganz richtig im Kopf. Unsere Töchter gingen in die gleiche Schulklasse." Frau Kellerbach zeigt mit der Hand auf eine Frau.

„Hier kann man sich mit keinem richtig unterhalten", sagt Frau Ries.

Herr Schellenberg schlürft zu seinem Sitzplatz.

„Der Schellenberg. Der sieht ganz gut aus für sein Alter.

„Ob der 'ne Freundin hat?" -

„Hören Sie auf mit den Männern", sagt Frau Ries,

„das Kapitel ist für mich abgeschlossen."
Sie steht auf und geht zur Toilette.

DANK

Ich möchte mich besonders bei Claudia Reinhardt für ihre Zeit und ihr geduldiges Zuhören bedanken. Sie trägt im Wesentlichen dazu bei, dass dieses Buch zustande gekommen ist. Ein Dank geht an meine Lektorin Daniela Plügge für Ihre Ideen, konstruktive Kritik und gute Zusammenarbeit.

Danke an Claudia Diedenhofen, sie hat die Texte mit großer Sorgfältigkeit Korrektur gelesen. Bei folgenden Personen möchte ich mich bedanken, die sich die Zeit genommen haben, alle Texte zu lesen und ihre Gedanken geteilt haben: Rosemarie Beer, Lydia Cooper, Isabella Dornbrach, Werner Hildebrandt, Marion Jentsch. Vielen Dank an Martha Schmidt, sie hat mir spontan ihre Hände für das Titelfoto zur Verfügung gestellt.